野菩萨

〔马来西亚〕黎紫书 著

北京出版集团
北京十月文艺出版社

图书在版编目 (CIP) 数据

野菩萨 /（马来）黎紫书著. — 北京：北京十月文艺出版社，2023.9（2025.1 重印）
ISBN 978-7-5302-2323-9

Ⅰ. ①野… Ⅱ. ①黎… Ⅲ. ①短篇小说—小说集—马来西亚—现代 Ⅳ. ①I338.45

中国国家版本馆 CIP 数据核字 (2023) 第 134661 号

野菩萨
YE PUSA
〔马来西亚〕黎紫书　著

出　　版	北京出版集团	
	北京十月文艺出版社	
地　　址	北京北三环中路 6 号	
邮　　编	100120	
网　　址	www.bph.com.cn	
发　　行	新经典发行有限公司	
	电话 010-68423599	
经　　销	新华书店	
印　　刷	北京盛通印刷股份有限公司	
版　　次	2023 年 9 月第 1 版	
印　　次	2025 年 1 月第 4 次印刷	
开　　本	850 毫米 ×1168 毫米　1/32	
印　　张	8.5	
字　　数	145 千字	
书　　号	ISBN 978-7-5302-2323-9	
定　　价	52.00 元	

如有印装质量问题，由本社负责调换
质量监督电话　010-58572393

版权所有，未经书面许可，不得转载、复制、翻印，违者必究。

目 录

001　序 / 黎紫书
005　序　异化的国族，错位的寓言 / 王德威

001　国北边陲
026　无雨的乡镇·独脚戏
035　疾
047　我们一起看饭岛爱
056　七日食遗
069　假如这是你说的老冯
076　此时此地
097　生活的全盘方式
121　野菩萨
162　卢雅的意志世界
197　烟花季节
241　海

序

黎紫书

在我的记忆中,有生以来第一个短篇小说写于二十四岁。那年我第一次参加马来西亚的"文学奥斯卡"花踪文学奖,为了增加得奖机会,便用一种博彩的心态算计一番,决定像渔翁撒网,每一组比赛(小说、散文、新诗和报告文学)都投了稿去,也因而写下我人生中第一个短篇小说。

那小说是模仿苏童的文风写的现代主义小说,语言风格强烈,却写得十分青涩,可它最终为我赢得了那一届花踪文学奖马华小说首奖。我其实不太记得这小说的具体细节了,但早早已在脑中给它打了一星,从此束之高阁不敢再读。以后许多年我出了好几部短篇小说集,除非万不得已,否则我绝不愿意把它端出来丢人现眼。

我甚至不愿提起那小说的名字,生怕这会把它召唤出来。

但我终究凭短篇小说"出道"了。后来我在文学奖上的斩获,十之八九来自短篇。说来那是大环境使然,毕竟那些年马来西亚和中国台湾的文学奖都以短篇小说为大宗,再短一些的如微型小说被嫌轻薄,再长一些的如中长篇小说根本无处发表。年轻时我孜孜于参赛,想要出头,写的多数小说都隐含最世俗的计算,说白了也就是多方揣度评审口味,知道他们想要在文学奖中读到什么。

如是者约莫十年,终于我不再恋栈文学奖照射下来的高光了,而路已至此,文学已被认定为终生志业——有奖没奖,我终究要写下去的。写作便由与他人的比试转化为一场漫长的,与"自己"之间的竞赛。

《野菩萨》一直是我自己最满意的一部短篇小说集。里头的《国北边陲》在我眼中是十年参赛生涯中一个最具标志性的作品。记得把它完成后,我内心笃定,认为它是过去竞逐文学奖经验中的集大成之作。我拿它在第六届花踪文学奖中冲刺"世界华文小说奖",心里相信无论谁来当评审,这小说都能满足他们对马华小说的想象和期待。那年的评审团成员我都记得,他们是大学者兼作家李欧梵、刘心武和黄子平,果然三人毫无异议地一致把票给了《国北边陲》,让它顺利拿下首奖。

那以后我就不再为追逐"花踪"写过一篇文章了。

许多年过去以后,我回过头,才看到了这个短篇小说在我的写作路上起的作用和意义。直到今天仍然有不少学者把《国北边陲》视为我的代表作,一次一次把它编进不同的马华文学选集里。我自己也始终觉得它于我个人甚具代表性,只是它所代表的是一个远去了的阶段——那个把颁奖台当作创作终点的时期,我已经走过去了。

在我看来,《野菩萨》以《国北边陲》开卷再合适不过。它是我写作路上的一个终点,同时也是个起点。我对它十分满意但毫不眷恋,总相信前面必会有更有意思的作品。多年来我仍然在人生中适当的时候继续创作短篇小说,尽管写得不多,也几乎没了文学奖加持,但时有叫我自己心喜的作品出现。譬如《生活的全盘方式》,它被我反复赏玩,至今仍然是我自己重读过最多遍的小说。我喜欢在短篇小说的篇幅里做各种实验,毕竟它再先锋、再晦涩、再难读,也不过只有几千至一万来字,也就是这些实验若不成功,并不至于给读者带来太大的"痛苦";对于作者而言,即便是失败了的实验作品,其书写过程依然充满创造者才能享有的苦痛与快乐。

文学创作的路从来不好走。我的能量来自对文学本身无穷的想象以及强大的信念。只要一天还在写,我就深信自己将能写出更好的作品。事实上,当这部《野菩萨》正在北京十月文艺出版社编辑部里等待再版时，我又兴致勃勃地写起短篇小说来了，并且为刚出炉的作品感到兴奋不已，觉得自己在小说创作的路上又拐了个弯，见着了更壮阔瑰丽的、以前意想不到的风景。

虽说下一部短篇小说集尚未生成，我却觉得已开了个好头。倒不是以为自己的短篇小说会越写越好，而是知道自己的写作又到了另一个境地，似乎让我变得更大胆也更随心所欲。这两个"更"字是比照《野菩萨》里诸多我喜欢的篇章得来的。自从十年前《野菩萨》出版以后，这书一直是我写作路上的一根标杆。直至此刻，在我写下这些文字的时候，它仍然是我最满意的一部短篇小说集。只是我可能喜欢它太久了，如今已迫不及待想要写出另一部集子来，超越它。

2023年5月30日

序　异化的国族，错位的寓言

王德威

　　黎紫书对中国大陆的读者来说也许仍然是个陌生的名字，但在海外她早已名满华语创作圈。黎紫书崛起于马来西亚的华文文学奖，过去十多年来也不断得到中国台湾、中国香港的各项文学奖项肯定。《野菩萨》是黎紫书近年的新作结集出版，因此特别值得有心读者的重视。

　　黎紫书的创作一般被归类为马华文学。顾名思义，马华文学泛指马来西亚华人社群创作的结晶。长久以来，以中国大陆为中心的文学史多半将马华文学视为海外华文创作的边缘。的确，当中国港台文学都被赋予聊备一格的位置时，马华文学的分量似乎就更等而下之了。这样的文学史观在近年有了大幅修正。随着中国的日益开放，越来越多的读者和评者开始理解，相对于中国大陆文学所代表的正统，海外华语社会其实早已发展出各具特色的传统。这样众声喧哗的现象其实更丰富了我们对当代中文／华语文学的认识，而阅读黎紫书恰恰就是一个最好的例证。

黎紫书所来自的国度马来西亚有复杂的种族、文化背景，也曾有相当颠簸的历史政治经验。马来西亚从十九世纪初年以来就是英国的殖民地，一直到一九五七年才宣告独立。华人移民马来半岛的历史早在十八世纪或更早就已经开始，到了马来西亚独立前后，华人人口超过四百万，早已形成不可忽视的文化、经济、政治势力。马来人、华人还有原住民等不同族裔之间的关系在殖民时期就十分微妙，因为独立建国，各族裔之间的角力浮上台面，而首当其冲的是华裔。六〇年代的马来西亚的政局躁动不安，终于导致一九六九年以排华为诉求的"五一三"事件。事件之后，华人地位大受打击，华社、华校、华语都沦为被压抑的对象。这是一代马来西亚华人心中永远的痛。

黎紫书其生也晚（一九七一年），在她成长的经验里，六〇年代或更早华人所遭遇的种种都已经逐渐化为不堪回首的往事，或无从提起的禁忌。但这一段父辈奋斗、漂流和挫败的"史前史"却要成为黎紫书和她同代作家的负担。他们并不曾在现场目击父辈的遭遇，时过境迁以后，他们试图想象、拼凑那个风云变色的时代：殖民政权的瓦解、左翼的斗争、国家霸权的压抑、丛林中的反抗、庶民生活的悲欢……

在此之上的，更是华裔子民挥之不去的离散情结。而在没有天时地利的情况下从事华文创作，其艰难处，本身就已经是创伤的表白。

黎紫书早期的作品如《山瘟》，最近的作品如《告别的年代》，都触及这些历史经验。而她所运用的风格，不论魔幻写实或是后设解构，与其说是形式技巧的实验，更不如说是她介入、想象历史的方法。这些作品写马共的兴衰，写"五一三"事件，都成为记录马华族群心路历程的印记。然而在《野菩萨》里，黎紫书所选择收录的作品却多半没有明确的历史关联性。她的人物或者漂泊在天涯海角，进行卡夫卡式的荒谬追寻（《国北边陲》）；或者陷入虚无缥缈的网络世界，在真实和虚构之间难以自拔（《我们一起看饭岛爱》）；或者根本就是过着寻常匹夫匹妇的日子，在爱怨痴嗔的旋涡里打转（《野菩萨》）。

黎紫书这样的安排耐人寻味。我们当然可以说《野菩萨》的作品多半是她最近十年的新作，借此她有意呈现写作的现况。但我更以为这也代表了黎紫书与家乡的人事、历史对话方式的改变。《野菩萨》中的作品呈现奇妙的两极拉锯。一方面是怪诞化的倾向：行行复行行的神秘浪子（《无雨的乡镇·独脚戏》），恐怖的食史怪兽（《七日食遗》），无所不在的病与死亡的诱惑（《疾》）；另一方面是细腻的写实风格：中年妇女的往事回忆（《野菩萨》），少年女作家的成长画像（《卢雅的意志世界》），春梦了无痕的异乡情缘（《烟花季节》）。借着这两类作品，黎紫书似乎有意拉开她与国族书写的距离，试图重新为马华主体性做出更复杂的描述。

谈到国族与书写，我们免不了想到詹明信（Frederic Jameson）有关"国族寓言"（national allegory）的说法。[①]詹氏认为第三世界作家受到第一世界政经霸权的压迫，以及社会内部一触即发的张力，让他们的作品每每带有寓言色彩。他们不像第一世界作家那样耽溺在个人化的象征书写游戏，而必须成为国族命运的代言者。这样的理论仿佛言之成理，其实暴露一个来自第一世界批评者一厢情愿的想象，更何况潜在其下的以偏概全的世界观。黎紫书的书写境遇对此提供了有力的辩证。

马来西亚华人的祖辈也许来自中国大陆，一旦在马来半岛落地生根，自然发展出在地的传统。这个传统带有丰富的移民色彩，杂糅了移居地的风土民情；也带有强烈的殖民色彩，无论是英国人在半岛上的统治，或是华人对当地土著的

[①] Fredric Jameson, "Third-World Literature in the Era of Multinational Capitalism", *Social Text* 15 (Autumn, 1986): 65-88.

抗争，都为原来的人文生态带来改变。但如我在他处所论，这个传统更带有遗民色彩，一种在错置的时空中对中原文化的遥想，对原本就十分可疑的"正朔"莫名所以的乡愁。①时间流洗，当移民、殖民、遗民的时代转化成后移民、后殖民、后遗民的时代，华人所面临的情境反而较此前更为复杂。

面向马来西亚国内，华人是少数族裔中的多数，与马来文化的磨合仍在匍匐进行；面对父祖所来自的宗祖国，他们不能不自觉自己早已经是外人，甚至是外国人。曾有许多年，一拨拨年轻的马华作家到中国台湾去，企图在那里找寻国族认同的方法。李永平、温瑞安、张贵兴都是其中佼佼者。但当岛上自决意识日益尖锐，这些作家的想象的乡愁有了进退两难的尴尬。②他们成为（想象的）原乡里的异乡人。

所谓的"国族寓言"因此不能轻易地运用在马华文学的书写上，因为马华作家所面对的问题远较此纠结。套句老舍《茶馆》里的名言："我爱咱们的国呀，可是谁爱我呢？"我们是否可说，像黎紫书这样的作者处理她的国族身份时，不论是作为国家认同的马来西亚，或是文化认同的广

---

①王德威，《后遗民写作》（台北：麦田出版，2007），第1章。
②有关张贵兴、黄锦树、李永平等的创作与华族情结，参看《当代小说二十家》（北京：生活·读书·新知三联书店，2007），第16、18和20章。

义的"中国",她总是惊觉那是已经异化的国族?而就算她写作含有寓言意图,那也是关于不可闻问的,自我抵触的寓言——错位的寓言?

异化的国族,错位的寓言。黎紫书安排她的人物游走流浪,迎向黑洞般宿命,或大量使用自我嘲讽、解构的叙事方法,其实都可以视为她的创作症候群。在像《野菩萨》这样的创作选集里,我们看到黎紫书更将她的症候群内化,使之成为书写的动机。换句话说,她甚至不在文字表面经营历史或国族寓言或反寓言;她将她的题材下放到日常生活的层面,或者是极其个人化的潜意识阈域。

国族大义那类问题早就在穿衣吃饭、七情六欲之间消磨殆尽,或者成为晦涩的、凶险而怪异的"东西",最好不要轻易接触。与选集同名的《野菩萨》是个平常不过的旷男怨女、时移事往的故事,但细心的读者会发现华人社会以内的世路人情再千回百转,其实是内耗的困局,华人社会以外的"国家"仿佛不在,却又无所不在。《烟花季节》处理了马来西亚不同种族之间的男女情缘。这样的情节当然并不新鲜,但越是如此,越凸显黎紫书对"同胞"之爱何所来、何所去的困惑。另一方面,《国北边陲》里父系家族的诅咒成为原罪,血亲的存亡绝续是与生俱来的宿命,却又是荒谬无比的蛊惑。而在《七日食遗》里,历史不折不扣地成为怪兽，吞噬一切，消灭一切。

是在这最平常和最反常的文字之间，黎紫书实验她的叙事策略，而且每每有出其不意之笔。《我们一起看饭岛爱》里百无聊赖的情色女作家网上调情的对象，有可能是她的儿子；《无雨的乡镇·独脚戏》里我们所依赖的叙事声音，也许就是我们最该怀疑的杀人犯。而有什么比《生活的全盘方式》里的那个年轻女子，在一趟最简单不过的采买里，竟然……这些诡谲甚至惊悚的场面如此突兀地发生，以至让读者有了无言以对之感。无言以对，因为生命中有太多的爆发点，无论我们称之为巧合，或称之为意外，就是拒绝起承转合的编织，成为意义以外的、无从归属的裂痕——乃至伤痕。我以为这正是黎紫书的用心所在，也是黎紫书小说本身作为一种创伤见证的原因。

我对《野菩萨》还有一层体会：黎紫书更是以一个女性马华作者的立场来处理她的故事与历史。马华小说创作多年来以男作家挂帅，从潘雨桐、李永平、张贵兴、黄锦树、梁放、小黑、李天葆到年轻一辈的陈志鸿都是好手。女性作者中商晚筠早逝，李忆君未成气候，黎紫书的坚持创作因此特别难能可贵。但我不认为黎是普通定义的女性主义者。虽然她对父系权威的挞伐，对两性不平等关系的讽刺，对女性成长经验的同情用力极深，但她对男性世界毋宁同样充满好奇，甚至同情。毕竟在那个世界里，她的父兄辈所经历的虚荣与羞辱、奋斗与溃败早已成为华族共通的创伤记忆。

不仅如此，黎紫书借题发挥，从女性的角度看男性，甚至从男性的角度看男性，又形成另外一种性别错位的寓言。《国北边陲》《无雨的乡镇·独脚戏》都是很好的例子。由此形成的"感觉结构"（structure of feeling）①，让国家的、伦理的、阶级的、性别的关系隐隐地都"不对劲"起来，这是黎紫书对"马华"作为一种异化的国族及个人经验的独到之处。

究其极，黎紫书叙事基调是阴郁的。徘徊在写实和荒谬风格之间，在百无聊赖的日常生活和奇诡的想象探险间，在愤怒和伤痛间，黎紫书似乎仍然在找寻一种风格，让她得以挥洒。她不畏惧临近创伤深渊，愿意一再尝试探触深渊底部的风险。她这样的尝试并不孤单。中国香港的黄碧云、中国台湾的陈雪，还有中国大陆的残雪，都以不同的方式写出她们的温柔与暴烈。

相对于中国大陆的小说，黎紫书的马华书写无疑属于

---

① Raymond Williams, *Marxism and Literature* (Oxford: Oxford University Press, 1977), p.131.

"小文学"（minor literature）[①]：大宗、正统的中文文学以外的华语书写传统。但黎紫书笔锋起落却饶有大将之风。她对马来西亚家乡的关怀与批判，对华语写作的实验与坚持，都让我们惊奇她的能量。我愿意推荐黎紫书，希望她的作品能够引起共鸣，也期盼她其他的小说——以及更多马华作家的作品——能在中国大陆文学界占有一席之地。

[①]Gilles Deleuze and Félix Guattari, "What Is a Minor Literature?", *Mississippi Review* 11, 3 (Winter/Spring, 1983):13-33.

国北边陲

你捂着胸口,随即回身。仿佛他也曾经回头,也在一刹那嗅到了龙舌苋妖冶血污的腥气。你们的目光穿透彼此,熟悉,但说不出来对方的名字。那人似无所觉,继续走他没有前方的路。那背影在正午的光纹里荡漾,不过瞬间,便已融入。

他是这样穿过小镇的。你看见他瘦小佝偻的身影,从阳光的斜睨中出现。彼时烧了一个元月的艳阳,容光开始黯淡,那人拎着干干瘪瘪一个旅行袋,徐徐横过车子行人不怎么多的大街。是这样的,你看着他从这小镇的侧面走来,进入镇的腹地。

分明那人步履蹒跚,而且沿着街店的五脚基踽踽行走,一度向你迎面而来,但你一个转身便记不起他的面目。就像忘记你死去的父亲一样,你的记忆再无画面,只有气味、声音和质感。那人是谁,你的嗅觉回答你以死亡的味道,有草叶腐坏的气息，胃癌病人呕吐的酸馊之气，还有迅速灌入肺中，那郁烈而矫情的浓香。

新年过后，这镇满地残红。你回过头追溯，那人影已经消失，一街鞭炮纸屑依然静态。大白天，仿佛瞬间，一个人融解在逐渐模糊的光谱中。

你父亲举殡那天，你穿着黑衣，端坐在母亲膝上。母亲，她的怀中枕着小妹，襁褓里飘来熏人的乳香。那馥郁的芬芳让人怀念，像母亲的针线，它穿透了眼前重重叠叠的黑白帷幕。你被人们抱过去，高高举在许多胳膊和人头之上。你看你看你父亲的遗容。那脸你也许没看见，却记得当时的惊恐。如今你抬头看见童年的自己奋力扭身蹬脚，两只小手捂着眼睛，和那发青的脸、颤抖的唇。

在城中你连夜噩梦，老是在漆黑的太平间解剖一具没有五官的尸体。他是谁，摸上去是男性皮肤粗糙的触感，毛孔偾张，胯间的阳具少了两颗睾丸。手术刀刺破胸腔，霍然一颗血淋淋的心脏从破口弹出，掉入你的怀里，兀自扑通扑通作响。

要不是这梦如水母般吮贴和纠缠，你便不会回到这小镇。你携了一皮包镇静剂与安眠药，回来找寻那传说中可以医治偏头痛和止夜梦的草药。父亲留下的笔记本里这么写：

"茎直立，枝有翅状锐棱，叶互生，长倒卵形；透奇腥，茎叶有剧毒，根部性能宁神定惊，主治头痛顽疾、遗尿、癫痫、神经衰弱，奇效显著，仅见于西郊某山谷。"

那山谷，你是到过的。在这偏远的北方小镇，西边长城似的列开一叠山峦。小时候父亲曾经带你攀山涉水，深入那些阴森的沼泽和丛林。印象中仿佛真有过那么一个山谷，只要越过无力的虎啸和雨蛙家族们潮湿的口讯，向西渡过密密麻麻绵延开来的野茅草，自有嗅觉告诉你，那神草的所在。

头痛症引发的失眠持续了七夜，你打开装满父亲遗物的箱子。没有钥匙的锁头得用三角锉撬开，万万没料到会先看见一面镜子。你枯槁的容颜在镜里颤抖，眼眶与脸颊深深凹陷，浅浅浮一抹死亡和饥渴的颜色，尸灰与青苍；松弛的脸皮下垂，哀悼着二十九岁早逝的青春。你挤弄那肿胀的眼睑，泪腺涌出一行无感但滚烫的眼泪。

笔记本的末页夹一纸张，有古老的墨迹，行书体，写："三十之前需得龙舌苋根部鲜品五钱，配萝芙木、猪屎豆煎煮，老鳖为引。据说腥臭难咽，唯可解我陈家绝嗣之疾。"据说是曾祖父手迹，背后另有父亲的钢笔书写："一九八九年西郊四十里，曾闻龙舌吐腥。"你彻夜翻阅这册子，前面大半册记载的是伯父死前三十六日的症状，后面转为父亲个人私密的札记。

童年时你就听闻了这家族传说，虽则大人们讳莫如深，你仍然可以从他们的眼中看出端倪。那些泛着潾光的眼睛，充满了智者的悲悯与爱怜。大家都洞悉了你深邃的命运，他们用送葬者常有的眼神，目送你步入命中的黑洞。这冗长的丧礼历时三十载，"凡我陈家子孙，须穷一生寻觅龙舌神草"。

带着箱子里的笔记本、书信与文件，你孤身回到镇里。动身当天，小妹抱着初生的孩儿前来送行，你看见她在月台上挥手，想象当年棺中的父亲，如何凝视前来瞻仰与拈香的人群。但其实父亲的形象已经稀薄，像雾中一袭幻影。你记得的是他的声音与气味，那些年头他在铺中翻掀《本草纲目》，低沉的声音哑哑吟读书上的文字。幼年的你像猕猴一样伏在他宽厚的肩上，嗅着摊于膝上的书本飘来各种药草青涩的香气。车前、虎耳、七星针、百花蛇舌……你可以透过名字感知它们的气质和生态。

伯父病发那段日子，你第一次听闻龙舌苋的名字。大人们合力把伯父锁进老厝宅尾端的杂物房内，你总在夜里听到屋子深处传来牲畜般的哀号。由是你害怕钻出被窝，独自摸黑到天井解手。你在那些夜里初尝失眠之苦，犹且忍受着膀胱满满的胀痛，蜷缩在父母温暖而汗湿的躯体之间，连连哆嗦。心理医生说，这段回忆是造成你日后失禁的原因。你知道唯有穿过时光，勇敢走进那夜兽的瞳孔里，你才有望摆脱纠缠多年的恶疾、羞耻与挫伤。而你回到这镇上，在这国土最北的边陲；长长一条铁道蔓延的终站，你仍然每天凌晨醒来，在寂静的火车站旅馆内，收拾被尿液渲染的被单。

以前这镇满溢着药草的味道，泥土中腐殖质的气息，阳光遗留在草叶上的体味。如今你只嗅到满室抑郁的尿臊，一如伯父逝世后的杂物房，累积三十六日的屎臭尿臊长年不去。父亲在那黏稠的空气内，枯坐三日，你与母亲在虚掩的门外窥探，看见男人的身影在薄光中淡去。

父亲比伯父年幼三年，这意味他只余三年元寿。遗物中有曾祖父的手笺："初抵南洋，被押入丛林开山辟路，某夜饥从中来，遇一奇兽而宰食，疑触犯山魈，逢病发手脚痉挛、体内风火、汗水狂飙、幻象杂错。遍寻巫医不果，后遇一百岁长者，曰中降头，又谓此蛊难解，除非觅得神草龙舌，否则世代子孙命不过三十。"

父亲在命中最后三年，丢下药铺的营生，走入山里寻觅龙舌苋。你看过他晚间把头埋在柜台里，一边疾笔抄写，一边喃喃自语。翌日晨起时父亲早已离去，只有皱成一团的纸张弃于煤油灯四周。你把纸团摊开，有如掰开尸体冰凉僵固的拳头，看见那里头画一株茎粗叶密的草本植物。龙舌苋，自曾祖父壮年暴毙以来，便成为你家族秘传的图腾。

此后，"寻找"遂成为陈家后裔的人生命题。据说前两代因而流离，祖父七兄弟多随人民军流散东西马密林，借时代的机缘深入这土地最私密的禁地，以搜寻那意识中的腥气。旧箱子内有祖父众兄弟的来函，每一封信通报其中一人的死讯。

"大哥前日病逝，正逢冬至，离三十诞辰尚有两日，终大劫难度。"

"二哥被英军掳获，死前受尽折磨，仍坚信只须熬过生辰，恶咒不解自破，唯天命难违，终被射杀。"

"据闻三兄已逝，吾亦不远矣。"

"四哥自幼出家修行，却比三位兄长早逝，每当思及，心有戚戚，却不知四哥如此安详离去，幸或不幸。"

"日军将五哥拖到公市斩首，我也跻身人群，苦于无力营救，满心愧恨，便整年寝食难安。近日头痛欲裂，四肢痉挛，目眩神迷。数算日子，明白大限即至。已知今生无望寻得龙舌草，呜呼哀哉，祈愿祖灵佑我后世。"

凌晨时分总有最后一班列车抵站，滚烫的汽笛声让旅馆的黎明一片溽暑。你在汗湿中再度入眠，梦里潜游到那无声的暗中。父亲临终前出门，你确信自己在昏梦中见过他最后一面。仿佛暗里有人抚摸你的额头，狠狠将你抱了一下。这事情你没有告诉家人，或许你的母亲与小妹也有过相同但不愿分享的经验，醒来时身上沾染了生草药的芳香，那髭楂扎人的痛，如隐形的刺青绣在脸颊。你在睡衣的口袋找出一支钥匙，它印证了身体对诀别的记忆，除此以外，父亲再没有留下其他。

五日后，你与母亲站在店铺前等候父亲的尸体。那么小的年纪，你与母亲一样预知了父亲的死亡。有那么一瞬，当你举头看见神龛上的红漆木牌"陈门堂上历代祖宗"，祖先们俯视你们三人一门孤寡，目光闪烁，像烛火一样心虚。忽然你觉得自己已经成长，长得可以站在死亡那高高的门槛上，与死神凝神相峙。

那钥匙，你把它置于父亲的灵柩之中。父亲的尸身鼓胀着河底的泥腥，有一尾小鱼衔着泥块梗塞在喉结吞吐的地方。你掰开父亲的指掌，归还钥匙和一箱子沉重的秘密。那一刻起，你开始丢弃许多记忆，关于图像的、光影的、动态的，直至你再也记不起父亲那彩绘着各式南洋符咒和丛林蛊惑的容貌。

尔后你荒诞地度过了许多干旱的年岁。城里独居的宿舍，养着一只几乎已不谙水性的草龟。许多年不接触任何同类，你见证它泥腥尽除，并且渐渐舍弃自己的语言，去适应人类洁癖的沟通。你去翻查《辞海》，龟龄几何，才称"老鳖"，且适于入药为引？尽管你蓄意回避，但这不语的草龟总是拖曳它徐缓的脚步，锐利的指爪在地上刮刨出声音，提醒你有关它的存在。斗室里常常点燃熏香，迫得那龟避入灶底；它在那里来回爬行，不时睁一双湿涔涔的眼，窥视你的作息与梦境。

有时候你抱起龟来研究它的壳纹。龟早已熟悉你的动作和体味，也因为岁月茫茫的等待而变得倦怠，再懒得挣扎或回避。你总觉得这畜生已有灵性，水纹的眼光透一点缥缈和睿智。是因为灶底的修炼吗，煎药的灶下连炭火与灰烬也有灵气。你选用过土人参，根叶干品二两，煎水服，味甘性平，治劳伤咳嗽、遗尿或月经不调；萝芙木干品一两煎水，则味苦性寒，有小毒，可治头痛、失眠、眩晕与癫痫。父亲只教你用草药，可是你常擅作主张，加入果狸、蜥蜴或鳄鱼肉为引，有一次还杀了一只野猫。那猫不请自来，也并非特别惹你厌烦，只是你无法忍受猫以浅薄的智慧戏弄灶底的龟。它把指爪伸入壳内，并露出邪笑，你难堪它对其他生灵和长者的不敬。据说猫肉有毒，你希望药理可以这样应效：以猫毒洗涤萝芙木久积于胃囊与脑神经的毒素。

煎药的瓦煲也是父亲的遗物，你嗅得出来不同年代的草药气味。同学们饮过你煎的蛇莓、三白草、鸡骨香、火炭母，这些草药在瓦煲内留下她们母性的平和的体味。父亲用药远为暴烈，你在榄核莲和蟛蜞菊极寒极凉的味道中，意会到父亲的焦虑与愤恨。母亲不懂药理，故连她也被父亲欺瞒过去，以为枕边的男人对死亡大无畏，心无挂碍故无有恐怖。虽则她也翻阅过男人留下的笔记，但里头每一个字都写得方正，丝毫察觉不到死亡的干扰。那时父亲已自知将死，常常把自己反锁在伯父去世的那间杂物房内。之前母亲体贴地替他收拾过一番，而你背着初生的小妹，站在门外看一间破陋凌乱的房子，终于变为窗明几净的卧室。帆布床正对书桌，桌上有日历，日历旁边有笔座，笔座过去是一盏煤油灯。

念医科的时候，你和同学谈论安乐死的课题，待争论的气氛沉淀下来，你的思潮就会翻腾起这房间的造型来，那是你心目中最理想的安宁病房。五十烛的灯光构成回忆的基调，混浊而黯淡。白天里日光偏斜，仍适于绵长跌宕的阅读或沉思。房内有药味，但不是消毒药水，它熏人欲醉，属于草性的勾引，干燥，如竹竿中烧来鸦片的烟雾，而非金属性的吗啡的注射。你的同学都不能理解，他们虽精于解剖尸体，却从未触觉过死亡的体温，更别说像你的家族，总是等待着三十岁那年的亲身体验，等着与死亡进行一场疯狂的交媾和繁殖。

伯父留有子嗣，堂兄弟们也都早早开枝散叶，企图以繁衍的速度来平衡生死间的拔河。你把陆续收到的结婚或弥月请柬扔掉,觉得这样勤奋地移植或复制生命,是怎么可笑和卑微的一种活着。没有其他人在意龙舌苋这回事,大家甚至有点轻蔑,那些迷信神话和传说的祖辈,岂不也都活不到而立之年?只有你这孤僻怪戾的家伙,把分秒必争的光阴挥霍在学业上,像别的正常人那样灌注大量时间去读书考试,挤上大学,考入医科。死亡展开庞然巨翅,鹄立在你家族的屋脊上,那摊开来无际的阴影,反而催情似的激起大家的性欲,以及对生殖的强烈欲望。由是你的家族竟而日益壮大,堂兄弟姐妹们聚落各处,与本族或异族通婚生子,交换信仰,调配文化,形成各自的部落。

你回到生身之处,家乡竟已无人。老厝宅被两户印度人家瓜分,男女老幼二十余人,共饮一口老井。你在旧家门外看那一大票陌生人在屋内笑谈,他们吵吵闹闹的声音戛止,用警戒的眼光瞟你,你只好拿着行李往回走,徒步行到火车站,那里有这镇上唯一的旅馆。

再过两个月就是你三十岁生日,你意会到这北边最后一家火车站旅馆,也许将有你的安宁病房。多花十块钱要了走廊尽处的一间小套房,说静,仍然常有火车抵站与开行的声音,忽远又近地驶进你的冥想。近日来翻开眼肚已见斑点,舌床厚厚覆了一层霉绿色的苔藓。一切就跟笔记本上记载的相似,接下来体温将会升高,眼球或有微丝血管爆裂,心跳异常，支气管收缩。像伯父的最后三十六日，失眠的情况如旧，头痛加剧，神志渐迷。

你为自己加重了镇静剂的分量，头痛得厉害时，也用一点安非他命。那龟在旅馆房里找不到它的老地方，因而常在浴缸与马桶之间徘徊。你无法对痛楚养成习惯，总是因为承受不住脑部的巨痛而呻吟，或迷失常性，疯狂地咒骂天地所有，惊得那龟窝在壳中不住哆嗦，淌泪涟涟。不明白何以父亲有这份定力，临终时犹可将自己从撕裂的肉体和僵固的精神中抽离，以端正的楷书写下日记："今日头痛欲裂，脑中似有千万浴火蚂蟥，一啮啃一焚烧，灼热攻心，浑身肌肤剧痛难当／无法静心禅坐，眼前乱象丛生／一日饮水五升五，犹难熄五脏滚滚之燃烧，难解喉间蠢蠢之饥渴。"

你读到这里，马上感觉全身皮肤起了神经质的瘙痒。起初只是眼睛的不适，仿佛病菌从父亲的字迹开始感染，视觉成了导体。"千万浴火蚂蟥"六字激起生理反应，痒的感觉从眼珠往周围扩散，你不自禁地伸手揉一揉眼睛，那痒，便迅速蔓延至身体的每一寸领地，从头皮到脚掌，又从肌肤入侵内脏。你发狂地在身上各处乱抓，发痒的耳朵竟然听到体内传来虫豸刨食骨头的声音，像一家族白蚁共进午餐。

在山中寻觅龙舌苋，你也曾病发过一次。那感觉介于痛与痒之间，躯体似要随时被看不见的蛆虫掏空。你在野地上抱膝号叫，引来一只马来獏，它靠近来，把细长的舌头探入你的口腔。那舌头不知有多长，居然在你的胃壁舐了一圈。你无法动弹，声带抖不出颤音，冷汗在毛孔内凝固，感觉自己成了一块朽木。正欲闭目待死，忽然灵台明净，浮现素未谋面的曾祖父面容：老人家骑在马来獏背上，朝你凄然一笑。你记起他的遗书"……遇一奇兽而宰食，疑冒犯山魈……"，兀地一轮灿天白日从树穹上纵出，刺目耀眼，额头马上汗水涔涔。你眨一眨眼，见那獏化为一缕青烟，只剩一截舌头落下，在荒地上火速蔓生，成一片绿色汪洋，中有黄花抖抖。

《中华生草药图》上记有这黄花的资料，为延龄草科的七叶莲，含有蚤休苷类毒物，会引起恶心、呕吐、头痛等效应，严重者出现痉挛性抽筋。你对那獏的出现疑幻疑真，总以为是症状之一。伯父与父亲都曾遇上这情形，你翻开那一页："夜里辗转难眠，推开窗门，乍见大哥立于月光之下。兄长策一异兽，如象如猪，哀哀俯首觅食。我振声呼唤，竟见月光迸裂，眼前景象如湖面碎开，水花飞溅。定睛一看，月光、兄长、异兽，乃不复见。"

何谓"奇兽""异兽"？这字眼在各人的遗书中一再出现。难道是獏吗，你猜想大陆南来的曾祖父，初遇这产于东南亚的四不像之兽，会有多惊骇。然而父亲对獏并不陌生，不该以"异兽"称呼。你想到龙,又难道是麒麟、朱雀、玄武?现在你了解为何病者——精神崩溃,还记得你那在精神病疗养院度其余生的堂兄,怎么揪住你的衣领一直喊"孽畜"。那堂兄最后攀上医院最高的一棵青龙木,尖啸跃下,长眠于他最后的幻想。是不是他也曾见着那一头说不出名目来的兽,抑或他最后正跟随那兽离开,驰骋于生命的荒原?

在旅馆中安顿下来,你往山里走了几趟。选在凌晨出发,背着竹篓骑脚踏车朝西去。西郊有龙,父亲遗言他曾闻过龙舌苋的腥气,你弓起背脊,顶着夜寒雨露向前冲。田野路窄,山里无路,你只好下车行走,不时与林中生物交换眼神,要它们指引你该走的方向。因为路途难行,采药一去数日,你回来时已满腮青髭,疲累得只剩精神状态。你在地图上画满标记,西边一带的山林几乎已经涉遍,而去日苦短,你的竹篓依然空空如也。你急于搜集线索,终把父亲的笔记本翻破。

山里也不全然孤独,你遇见过许多采集臭豆和蜂蜜的原住民,他们的茅寮在林中演变成大自然的一部分,像野蕈一样绽开,又枯萎。在林里你是一个入侵者,近视眼镜是文明的标志,它反射阳光,向森林打起危机信号。没有人听过龙舌苋,他们问你是不是也像其他人一样,到这里来寻找壮阳补药"阿里的手杖"?这山麓坐落在两国交界,近两年常有人从泰南边境下来，挖掘各类树根。东革阿里是马来人的草药，镇上的中医师却也像马来巫医一样崇拜它的药效。你知道全国各处都流传着以东革阿里入药的壮阳药方，每一帖药方都稍有差异，再由不同的服用者现身说法，声名远比任何中草药更为显赫。

你苦笑，如今东革阿里是另一种集体的迷信，像龙舌苋之于你的家族。可是你家族曾经的共同信仰已经式微，堂兄弟们对阳痿的恐惧更甚于死亡。你对这想法感到厌恶，居然有人他妈的用勃起来硕大的阳具去象征生命的坚毅。唯独你放弃这些，以孑然与纯净的处子之身，去完成龙舌苋赋予你生命的主题。或许你也恋爱，譬如在山中的日子，会迫切地悬念着旅馆房间的草龟，想象它正不断咀嚼与反刍自身的孤寂。夜里你梦见自己策龟而行，它背负你爬行到龙舌苋生长的地方，你在龟背上垂泪，直至梦醒仍说不出道别的话来。

山下卖的东革阿里真假难辨，中药铺自己泡制东革阿里药酒，销量比虎鞭酒三鞭酒或鹿茸酒都好。镇上有两家野味店推出东革阿里十全大补汤，分别以河鳖和飞鼠为引。你捞起汤的浮渣，辨识出河鳖和飞鼠小巧的指爪，以及汤内各种药材凌乱的配搭。野味店也代售东革阿里咖啡粉，烫金包装纸印有人参专卖公司的标志。在这一大片对东革阿里的集体朝拜和皈依中，只有你像一个苦修的行者，从肉欲的熬炼中超脱。

　　为龙舌苋你来此一遭。原住民跟你语言不通，游刃边境的采药人也从未听闻龙舌苋这名字。你向他们描绘记忆中的山谷，雨后孤独的虎啸和浪潮一样席卷过来的雨蛙鸣叫；西渡茅草地，自有龙舌吐腥。他们摇头，原住民懵懂，采药人嘲弄，都说没见过这么一个地方。这山区方圆数十里，其实你也都走过了，然而那山谷终究只是一幅浅浅印在意识中的水墨，你总在等待某个契机，等待画龙点睛，那山谷会从印象中沸腾起来，满山遍野翻涌着龙舌苋独特的腥气。

　　这虔敬的信念自有来处。你没有告诉那些对龙舌苋失去信仰的人，你曾经嗅过龙舌苋的气味，它渗透父亲的棺木，充满了你家老宅。你偷偷掰开父亲僵握的拳头，那里紧抓住一茎罕见的生草，倒卵形叶子互生于枝上，像数串鞭炮穿过指间的缝隙。腥味浓稠，如肉食兽照面打了一连串饱嗝，中人欲呕。没错那就是龙舌苋，年幼的你深深打了一个寒战，急急扒开指掌，果然委顿着一株奇草，干枯的枝叶仍透一抹油性的光彩，色泽乌黑蜡亮，如毒蛇过江龙的鳞片。是龙舌苋准没错，你小心捡起那植物，唯见茎从中断，显然被人用力扯裂，却不见它那具神效的根部，你既惊喜又悲伤，父亲果然为寻龙舌苋送命，并非如乡人所说的，陈家男人难堪恶疾折腾，愤而投河。

有那龙舌苋就够了，从此你的左掌有了清楚的生命线。念医科是一项庞大的准备工作，你在数学、生物和化学缠作一堆的理论中，整理出哲学的头绪。你豢养一只多少年来苦苦待命的草龟，只待龙舌苋出现，它将投身药煲许你三十岁以后的人生。那死亡的诅咒果真如网一样疏而不漏，未满二十九岁你就发现了症状，头发不及花白便已脱落，胃中总是无端涌起一股植物夭折后腐坏酸臭的气体；寝中汗下如雨，手脚常作间歇性抽搐。梦比夜尿满溢，醒来怀抱一颗扑通扑通血漉漉的心。

摊开地图，你对北方山区的地理早已了然于胸。父亲之死是主要线索，他的尸体搁浅在林外河口，被发现时尸身肿胀生蛆，估计死去起码三日。你沿着河流朝北獾行，计算着尸体漂流三日的路程。龙舌苋想必长在河畔，或甚至河中，你褪下衣物行囊，与临时雇用的原住民一起潜入水里，在河床上寻找新的可能。他们拔起许多奇形怪状的水底植物，摊在河岸上任你选择。你喘着气，水里的压力挤逼你病弱的躯体，病菌因而喧嚷。那龙舌苋始终不见，你只嗅得河底生物在水中腐化的气味，以及在与游鱼擦身而过时，碰触到死亡那潮湿阴冷的躯壳。

如此日复一日，你自觉身体逐日羸弱虚脱，似乎夜里有梦如兽，舐食你仅剩的体力和精神。以为残存的生命会在昏睡中被梦骑劫，凌晨时分却仍旧浑浑噩噩地挣扎爬起，在静谧的火车站旅馆，在山里的营帐，在原住民荒置的茅寮，等候最后一班火车拉起尖长的汽笛。

你犹不死心，直往河的上游追溯，攀行三天以后，已到了边境。那天乌云密集，一层一层酝酿着山雨。领路的原住民对风雨有着与生俱来的敬畏，他们望着怒意开始高涨的河川，发了好一阵子愣。再过去就是别人的国境了，他们一边摇头一边摆手，像一群奴隶毕恭毕敬地央求你让他们归去。你加给他们一点酬劳，也不等考虑清楚，便率先跃入咆哮的河中。

河水那么湍急，让你无法在河底闲散漫游。你勉力摆动，水中的怒潮卷起河床的泥沙和沉淀已久的杂物，混蒙你的视觉。你心里一慌，伸手乱舞，触手所及却尽是动物的残骸，以及明显的一副巨大的龟壳。这马上触动你的恶患，无数旧梦在水底轰隆轰隆翻涌。曾经你御龟而行，那龟驮你寻得传说中的龙舌苋。你的手脚开始抽痛，脑壳似要从中裂开，那痛楚如铅，强硬地灌入你的脏腑，使得你的身体不断加重，铅球似的坠入河底。

曾经你以为自己将会与父亲一样溺毙，在那没有视野的河底，你开始哀悼自己，并且心里默念往生咒。死后你将往哪里去，会不会也像今生倏忽三十载，为了寻求龙舌苋，成为广阔宇宙中,一个缥缈浮荡的孤魂?恍惚中,一只没有形状和面目的生物游出你的脑海,它欺近你,河水马上变得乌黑混浊,你连身上的毛孔都嗅觉到它翕开的嘴巴里喷出来恶臭的气息,那味道多么熟悉,像长年暴食的食肉兽张口打着饱嗝,气味中糅杂了污血和腐肉的残渣。

你醒来,原住民的头颅围成一个井口,仿佛你正往深处下坠。他们用力推压你的肺部,挤出来两口泥沙和苦水。终于你遇到那头兽,无形无体,但衔着一嘴巴发腥的绿草。他们听不明白,以为你回光返照,被救起来后一直呢呢喃喃,晃荡的目光像一只蝙蝠悬挂在高空的树梢上。你一半的灵魂仍落在河里,也许幽禁在那硕大的龟壳内,从此又忘记了许多往事,你是谁,怎么会躺在这里。

原住民始终听不明白,他们捏着鼻子,问你手上抓的是什么,那腥臭,实在逼得人无从遁逃,既晕眩又呕吐。

妹妹来信告诉你母亲在疗养中的情形,附上外甥儿庆祝弥月时的照片。母亲在照片中亲吻孩子粉嫩的脸蛋,她的眼神悲怆,像在惋惜陈家的香火续在外姓人身上。雌性的眼神总是荡着水光,她们的温柔与慈悲,让你分外震栗于死亡的悲壮。你没有效法父亲临死前赐予深情的拥抱,也不必留下笔记,嘱咐后世继续追寻龙舌神草。到你这一代,死亡变成最孤单最隐私的一件事,它等同个人癖好,与别人毫不相干。那天下午你再次病发，觉得口腔奇痒，竟像伯父第二十八日病危的情况，狂咬房内所有木头。那床脚损坏得最严重，你趴在地上猛啃猛咬，像被捕鼠胶粘在木板上的一只老鼠。一夜啃啃，终于门牙松脱，流了满口鲜血。

三十大限前的一个星期，你已经疲弱得不能再走远路。尽管频繁的痉挛使得四肢不受控制，你仍然每天将自己梳理干净，用文明人整洁的仪容，招待已萌去意的生命。头上的发丝所剩已无几，缺了一只门牙的笑容让你看来苍老而滑稽，蜷缩的睡姿驼下你的脊椎骨，还有身体各处被你抓伤的痕迹。现在你闻到了一股死亡的味道发自内里，这朽坏的躯体已经裹不住你的家族秘密，而你先把这密报给街上的公用电话亭。你对电话另一头饮泣的妹妹说，你将要追随父亲的步伐，成为你们陈家这房最后一个殉难者。

接下来，因为百无聊赖，你在镇上流连。这小镇像蜕皮过程中的蟒蛇，大多华人已经弃守，等不着它蜕变。你问了好多路才找到仅剩的一家寿板店。店内无人，你孤身在许多完成和未完成的棺木之间游走，如在生命将尽未尽之间。记得许多年前父亲躺在一锭大元宝似的柳州棺木里，那棺木透一股庸俗浓烈的檀香，却也掩饰不了龙舌苋呛鼻的恶腥。已经很多年没看过这种造型传统的棺木，你踱步到店后，内堂另辟一室，搁着那么孤零零一副。也没有灵位和香火冥纸，可是满室不寻常的静阒却让你直觉棺内躺着有谁。这感觉让你震栗，马上记起父亲遗言"卧病三十天，死亡之形体逐日可见，初见屈腿伏腰以为是兽，后竟挺腰伸爪隐约似人。第三十日子夜五官现形，脸长嘴阔，地额方圆，虽不足十成亦有九分，是也非也？栩栩竟如我之面容"。

听到"死"这个字眼，一直很坚强的妹妹就忍不住淌泪，像是触动了封藏很多年的伤心往事。不敢相信你终于找到了龙舌苋，它果真有如记载，透奇腥，茎叶有毒。然而妹妹你不知道，龙舌无根，属水中的寄生科，茎内虚空，能分泌硫质，以吸食水中的微生物维持生命。说时你不期然摊开手掌，龙舌苋的硫质似已渗入肌肤，墨绿一摊遗在掌心。如今掌上残存余腥，你觉得已有汁液融入血脉与骨髓，它让你全身发臭，恨不得也钻入棺中。

多年来你为这一天反复准备，临了却仍有一事教人惦念。父亲在笔记本夹层中留有遗书，概略交代身后事。信后另有蝇头小字，写"五年前血气正盛，曾与寡妇冯氏苟合。伊人诞下一儿，一九六八年十月廿一日亥时出生，取名观鸿，为免生事，乃送于康宁寿板店梁家继后香灯。后人若寻得龙舌苋，勿忘救吾儿观鸿一房"。

你把遗书带在身上，其实也不抱兄弟相认的希望。按遗书上说的，观鸿比你年长三年，想必已经在三年前作古。你甚至希望这未曾谋面的大哥死时孑然一身，让这玄妙邪恶的命运不再另生枝节，就你们这一代了断。可是那一具庞大的柳州棺木令人怯懦，在其薄如纸的命运之上，这锭元宝似的灵柩宛如雕塑精美的镇纸，沉甸甸地镇压住你临风欲飞的生命。你从内堂仓皇奔出，因为听到棺内传来谁在弹指甲的声音，便一直不敢回顾。

长生店前大树的树根上，坐有一长者，睁一双布满灰翳的眼睛，童颜鹤发，年岁模糊。店老板已经不姓梁了，那是好多年前的事情。老板娘嫌领养回来的婴儿肤色黝黑，嘴大唇厚，疑心是外族人的种，加上问卜知道那孩子命带煞星，辗转送给另一户马来人家。喏，就在西郊途中的马来甘榜①那孩子身形瘦削灵动，矫若狝猴，先前替人攀树摘椰子为生，夜里坐在家门的石阶上自弹自唱；而今建一茅寮专售东革阿里土方膏药，赚得盆满钵满，一家十二口养得白皙圆润，都显出了贵气来。

你循着老人家指点的方向，来到西郊乡下一间浮脚楼。奇怪的是你自忖这路走过好几趟了，却从未发现路旁有这马来住家，而今它出现得无凭无据，像命中一个平白无故的兄

---

①甘榜，马来语"Kampung"之音译，指马来人村落。

长。门没关上,一个马来少妇推开窗门,问你是不是来买膏药。独家秘制的东革阿里药膏一盒五十元,还有女士保颜用的东革阿里美容霜。你向她打听老板的事。今天礼拜五,那男人到回教堂祷告去了。少妇继续推销东革阿里药膏。睡前在那话儿涂抹均匀,保证一时三刻金枪不倒;你看我老公,三个老婆八个孩子,晚上不来劲怎么交代过去。说时捂着大嘴娇笑,眼波如月夜的潮汐,将人整个淹没。

屋子四壁挂满了主人家的家族肖像,你依据年代顺序仔细地看。泛黄那张有个孩子眉目与你近似,猕猴也似的骑在一个着沙笼①穿背心的中年男人胳膊上,阳光褪色,在两张脸上犹有余温与光彩。另一张全家福左上角染了泼墨似的一摊咖啡渍,恰恰为那少年涂染了深褐一层肤色,与十余人口的一家融为一体。左边过去连续三张结婚照,新娘子次第年轻,只有那新郎额角线越来越高,两颊逐渐结了光彩四溢的两颗浑圆肉团。接下来都是全家福,孩子渐渐增加,照片的色彩拥挤又腾嚷,几乎要挤破相框。有一张是男人捧着东革阿里巨无霸的全身照,黑眼圈与大肚腩透露他这些年纵欲贪杯的生活。此时他的面貌已经完全脱离了你们家族惯有的瘦脸阔嘴高颧骨,你看到他臃肿的脸上勉强栽下眼睛鼻子,

---

①沙笼,马来语"sarong"之音译,指东南亚一带人围的一种裙子。

唇厚如鱼，齿龇如兽。最后有他在麦加朝圣的照片，下颌抬高，眼里光芒闪烁，脸上的神情专注而深情，比诸你对龙舌苋的虔敬，犹有过之。

你突然记起什么，回头盯着少妇看。遗书上明言观鸿生于一九六八年，按说今日已死三年。少妇不解，谁是观鸿嘛；你说我老公汉姆沙吗？他才没你那么短命，怎么你们就爱乱咒人！少妇嘴巴噘得老高。真主阿拉保佑我们，保佑我的男人汉姆沙，赐下东革阿里养活我们一家。听好啊，也许你也是东革阿里的子孙，你老爸没有东革阿里便下不了你这个蛋！现在汉姆沙在替真主做事，他赚来的每一分钱都是真主阿拉的意旨，你们不该眼红，不该咒人。

少妇词严色厉，尽管声线不高，语音也不激昂，却不知怎么招来了她的家人。小小一间屋子忽然有人从四面八方鱼贯出现，女人们怀抱着背负着拉扯着她们的孩子；男的人中垂挂鼻涕，女的眼肚悬吊泪珠，无不以狐疑的眼神戒备着你。处在他们的围伺中，你忽然醒悟自己原是一个陌生的来客，到这国境的边陲，在这铁道无可延伸之处，你终究只是一个背负家族遗书的流浪者，无父无母无亲无故；无来由无归处。寻找哥哥就如寻找龙舌苋一样，按图索骥，只为了追寻祖辈埋在丛林某处的宝藏。但你挖掘得愈深，愈渐看清楚那里面只有深陷的空洞和虚幻；里头深不见底，唯有你对生存的欲望,蚯蚓似的蠢蠢蠕动。

三个女人八个孩童的目光,逼得你终于落荒而去。你付钱买了一盒药膏,深深鞠躬后才离开浮脚楼。也许因为心里最深的恐惧和希望,你走了以后便不再回头。那浮脚楼如同迷蒙瘴气里的幻象,忽然"噗"一声冒火,靛蓝色烈焰冲天而起,咻咻卷走了你身后的乡野与山林。

一切如梦似幻,好像一场大梦沉睡三十年。你在旅馆里醒来,尿囊里一泡尿只撒了一半,短裤与床铺已然湿透。草龟在床下昂首看你,失焦的眼神若有所思。你从裤袋里掏出一小盒药膏,只有它是实在的,似乎一场野火伸舌燎过,把记忆都烧得烟灭灰飞,剩它是唯一的实体。你旋开盖子,乳白色药膏在淡淡的月晕中焕发荧光,乳白,让人忆起母亲的怀抱,褪褓里婴儿的乳香和微笑。

你把药膏涂抹在草龟头上,它温驯地保持静止的状态,直到你把一盒药膏都用完,才发觉那草龟不知何时变成了一尊硕大的青铜塑像,神话中昂首吐舌的玄武。它那么古老,青铜已锈,壳背生苔,只有一抹眼神新鲜润湿,悲情如昨。

两个月后,新年被一镇马来孩童燃放鞭炮的声音惊走,没有人知道你仍然守在旅馆,终日把玩一撮无根的龙舌荙。偶尔你走在街上,穿入镇的阴影,静听火车挟澎湃的声浪冲来，驶往没有去路的前方。小镇火车站被树影笼罩，搭客们撑着浮肿充血的倦眼，一一从火车站步行到回教堂那头。某日你看见那人穿过火车站的拱门，他身形佝偻，年轻的脸庞散布岁月的鞭痕。

那人拎着一个无物的旅行袋，徐徐横过冷清的大街。他朝你走来，浓荫中见那五官层次渐明，阔嘴长脸，地额方圆，竟是你家族独有的无双脸谱。你微微愣住，他却没有发现你的存在，依然拖着疲惫的步伐踽踽行走，在一瞬间穿越你的身体。

你捂着胸口，随即回身。仿佛他也曾经回头，也在一刹那嗅到了龙舌苋妖冶血污的腥气。你们的目光穿透彼此，熟悉，但说不出来对方的名字。那人似无所觉，继续走他没有前方的路。那背影在正午的光纹里荡漾，不过瞬间，便已融入。

这样，视野倾斜，他穿过了一个没有名分的终站小镇。

*二〇〇一年第六届花踪文学奖·世界华文小说奖首奖

无雨的乡镇・独脚戏

  奇。四月无雨。真奇。阳光的狂躁症去到末期,便泼辣而自虐,近乎求死。万物刍狗,有的开始在光的暴烈中消融。光是酸性的光,辐射状的光,液态的光;有声无声的,有味无味的,有形无形的,光。终日终夜的光,无边无际的光,滔滔不绝的光。

  奇。四月无雨。真奇。阳光的狂躁症去到末期,便泼辣而自虐,近乎求死。万物刍狗,有的开始在光的暴烈中消融。光是酸性的光,辐射状的光,液态的光;有声无声的,有味无味的,有形无形的,光。终日终夜的光,无边无际的光,滔滔不绝的光。没云没雨,无雷无电,光一大盆一大盆地倾泻,很多很多,像上帝创世以来许多编织到一半便说不下去的故事,正史野史,四面八方,且都熔岩似的极烫极热。

  这故事打从开始就注定要暴露在光中。妓女你推开窗门，我说的光便澎湃淹至；因为凶猛，仿佛挟着呼啸。四月，时值正午，光谱之中妓女你异常美丽唯近乎透明。光是蚀人的光，它进入，它穿透，你水嫩的肌肤马上烧起来似的痛。奇，真奇，怎么一整个四月都不下雨？

是啊怎么不下雨。旅人我把脸埋进枕头里。天都亮了太阳都自焚了，妓女怎么不走。我想象你旋起黑披风离去，回到你受潮的长满异蕈的棺木里。妓女不走她再躺下来。昨晚你说你十六岁，十六岁么倚窗一站身体又储满太阳能，发烧的乳房熨帖我旱裂的背脊。哦我忘了付钱。我忘了你是十六岁的妓女。

到这里来干吗。老旅馆都一样地发霉，楼梯总咯叽咯叽在响。水龙头旋不紧，滴答滴答。滴答滴答。滴答滴答。妓女你走了么，你的十六岁走了么，我昨晚吮吸过最后的几颗青春的朝露。我到这里来干什么。我头痛，我耳鸣，我听到男人弥留之际的忏悔和哭泣。

妓女已经换另一个人演出，皮肤更黝黑一点，更滚烫一点凶悍一点。前天晚上那个十六岁的已经死了么。噢她的十六岁老早死了。妓女用翘舌的马来语舔我的耳背。妓女问我噢你用的是什么发油。我转过头来告诉你那是我父亲留下的东西。我还有父亲的古龙水，有他的汗衫和内裤，当票，泰铢，支票本，春药。旅人把行李全部掏出来，都是些零零碎碎的东西，很零碎甚至无法拼凑起来。我都认不得它们了。旅人说他像一个扒手认不得自己的赃物。妓女近乎低能而缺乏幽默感，她拿起那纸包来说这药是假的，我肯定它是假的，没用，会勃起但不能持久。

没错都是假的。妓女的岁数是假的，乳房是假的，睫毛是假的，发色是假的。妓女不屑地说呸我连身份证都是假的。旅人觉得这四月的光太锐利了，刺入皮肉很久都没感觉到痛。但光进入血浆就会慢性地溶解，你开始感到血液升温，透窗而来淹没人的光让你窒息和晕眩。你有杀死妓女的冲动，有这念头你很亢奋，旅人你光着身子爬起来。四月的光饥渴而贪婪，马上扑过来啃食你，你有点害怕。墙上的镜子反光，光影里的妓女点燃香烟，妓女已经换了人，这次她连性别都是假的。

我到这里来找人，你有没有遇见过一个外地来的老家伙？老家伙是旅人的父亲，旅人吃力地记忆和描述。他嫖过你了吗。他很老了他还想要，他患过疱疹，他好多天没洗澡，他臭，他没钱。妓女摘下假睫毛，假牙，假发，义乳，这一刻的她看来多么像我的母亲。妓女说你什么都别问了你抱我吧。那一晚旅人很被动，妓女骑上来爬下去，累出一身汗来。十六岁的时候你在干什么呢，割胶么，嫁人么。旅人继续在梦呓中说下去，十六岁时我妈跟了我爸，那年我爸的大儿子都十六了。

妓女已经上年纪了，昨天夜里还是含苞待放的十六岁。清晨醒来我看见枕头上留有一根灰白色的头发。我和昨日一样还是一个旅人，浴室里妓女把她的假牙留下。那假牙仿佛一张滔滔不绝的嘴巴，旅人有点怀疑自己夜里将妓女给杀了。假牙问我你的父亲母亲后来怎样了。旅人说我一个乡镇接一个乡镇走下去，我老爸他一个女人接一个女人屙下去，他一定到过这里，我嗅到他的味道。假牙没听进去，只是暧昧地笑。

没有一个妓女能够安于聆听。旅人想如果能够向她们要一件纪念品，耳朵会比假牙更好一些。妓女笑着就入眠了，早衰的脸上印刻着浅浅的笑纹。妓女说我十三岁就出来接客了，你问我十六岁在干什么。旅人坐在床上抽烟，旅人裸身，旅人觉得旅馆的房间正缓缓塌陷，转过脸去看着妓女就这么睡老了，睡得很深沉像梦里有爱人的胸膛。十六岁我离家出走，我吐了一口痰在父亲脸上，我说屙你老母你这老淫虫这么多人死了就不见你死。妓女你相信吗，我老爸夜里爬到隔壁的阳台，爬上人家寡妇的床。

旅人那时很年轻，十六岁。妓女爱怜地吻他的额头。火车一站一站地停，你就这么一站一站地下车么。旅人感到迷惘。火车火车轰隆隆，请问你要去哪里？那是儿时的游戏，其实像点指兵兵。点指兵兵，点着谁人做大兵；点指贼贼，点着谁人做大贼。旅人说他想哭。要是我哭了你会取笑我吗？女人温柔到极致了便如出一辙地像起母亲来，说哭吧你想哭就哭，让我来抱你。

这辈子旅人再没有见过比他的父亲更下贱无耻的人了。你的父亲在哪里办事？旅人听见自己的呜咽，他无事可干，他只是另一个旅人。妓女拥他入怀，那么他漂流为的是找寻什么？又是另一个旅人吗？我愈发茫然，我把脸埋入妓女微微下垂的长形的天乳。我嗅不到父亲的味道，旅馆的老楼梯每传来一阵脚步声，似乎都像父亲的莅临或离去。那些脚步声有的像是停在旅人的房门外，旅人等着会有谁敲门，结果总是没有，但旅人隐隐听到粗重的呼吸声音，像将死的野兽的呻吟。脚步声都约好了要作弄我。趿拖鞋吧嗒吧嗒的是病中的老男人，夹着喉头有痰的咳嗽声音；旧皮鞋的咯咯声里听出有一只开了口，是搓麻将输了钱回来的老男人；光着脚想静悄悄来去的是男人的老灵魂，有腐朽和溃烂的味道。

要是能下一场雨就好了。旅人和妓女浑身汗臭，他记起旅程之初曾经停留在一个不断下雨的小镇。我记得鸡屎的气味很新鲜，木瓜在不远处落下，我想起来它们极像你的乳房。木瓜充满了母性，雨中熟透了掉在草地上的木瓜，被红眼鹩哥啄食过烂掉的肉洞像阴户，无话地承载落下的雨水。

嘻嘻你真衰。旅人睁开眼，妓女又回到大约十六岁的年龄，十六岁已经浓妆艳抹的脸。旅人觉得很难受，房里太亮了，老式冷气机不断在咳嗽和喘气。

妓女离去时觑了旅人一眼，旅人在角落那里抱膝坐着，很失神地注视着窗外某处。其实那里只有铺天盖地的光，地板上旅人翻皱了的报纸有点焦黄，房里的空气呆滞，死亡的气氛慢慢凝聚起来。

有一个晚上旅人很不来劲，妓女忽然来红，旅人抽了两包烟喝了两杯白咖啡在发呆。翌日妓女说你发呆还真高消费。旅人觉得不好笑，难道那不是很奇异吗，自从过了那个不断下雨的小镇以后，我们的土地似乎开始被吸干了。我们？妓女耸耸肩说阿哥你搞错了，我是爪哇来的。爪哇来的人妖，有喉结，皮肤粗糙，声音沙哑。旅人问她你看不看得懂我的小说，父亲在我的小说里死了，里面的场景多么似曾相识，他最后无法瞑目，眼球蒙了一层灰翳。

眼珠，耳朵，假牙。这些遗物再怎么堆砌也不能将父亲的面容拼凑起来。旅人说后来稿子被退回来，真可惜呢原以为父亲也许会读到，他读到了不死也得被气死。或者会在这房间，或者在走廊尽处最角落的那一间，他眼睛睁得大大的僵躺在地上，手上抓住捏成一团的报纸。妓女用男声说真可怜，你哪来这么多的幻想。旅人以为一切都是假的，你是人妖你怎么会有月经。妓女回过身，嗄，人妖？阳光蒸腾起来，妓女弯下腰在揩拭大腿内侧的血丝。喂你拿什么在抹你的经血？她随手把纸团扔到纸篓周围，不就是废纸吗，你看你写的字都印了在人家的大腿上。

那些是旅人的小说，印在大腿上的字有"落雨的小镇……寻找……男人的身影……木瓜……"，以及一些模糊难以辨识的符号。那些字一直往上延伸，钻入妓女的毛丛中。我找不到那些字了，像我找不到父亲，他到哪里去了，他一定像野兽一样找个地方躲起来等死。我妈说反正你一直想他死了算，他吃饭有时，淫佚有时，睡觉有时，死也有时，你何必去找？你想确认什么。

旅人想那些字要是不褪色会有多好，妓女擘开腿会有我的小说如文身或符咒。说不定父亲会读到，他会因此早泄，他会拨开妓女茂密的毛丛去寻找隐去的其他文字。旅人享受这种幻想，旅人和另一个旅人在寻觅彼此，像一面镜子映照着另一面镜子。这种寻访是无尽处的，从一个乡镇到另一个乡镇，火车轨道沿着国界衔接成一个大大的椭圆形，我和我父亲的漂流如某个小镇上的雨一样永不停息，我们其实在互相逃避却又不甘心地断断续续留下线索让对方去发现，发现这一刻的我和他的存在。

许多的妓女当中，人妖的头发长如瀑布，覆盖下来的热,有如爪哇的烧芭。她身上的香味庸俗而廉价,但旅人觉得这芬芳最是母性,他尤其喜欢看妓女事后对着梳妆镜子抽烟。那一刻他们都是孤独的,他们各自属于自己,在一个狭小局促但静谧的空间里,有两个混乱的宇宙互不侵犯地运行下去。妓女你有你的爪哇,我有我不能终结的旅程。

几天以后旅人决定要离开满溢着光与热的乡镇,搭乘第二天下午的火车北上。那天晚上旅人去找过那一位把整个家乡带到异乡来的妓女。蹲在暗巷中的另一个妓女告诉他,你找的人妖已经死了,一个嫖客把她掐死了,你难道没有看报纸。旅人想这一切会不会也都是假的。旅人站在暗巷中发愣。终于在这无雨的四月的大热天里我觉得有点冷。她有没有留下什么。黯然的街灯下面目晕开来的妓女趋前,在旅人的耳畔细声说,你以为她会有什么呢,她只有一头假发。

当夜的梦境一片空白,梦里溢出一片溽暑,旅人在汗湿中醒来。旅人恍惚发觉,房间已经不是之前的那一间,很可能连旅馆也不再是之前的旅馆了。唯有四月那异乎寻常的,天谴似的干燥和闷热,与昨夜并无二致。旅人舐一舐裂开来的嘴唇,头痛,耳鸣,似乎听到隔壁房间里传来忏悔告解的声音。父亲,我原谅你。旅人在稿纸上罚抄似的一遍一遍地写,我原谅你。原谅你。妓女们的声音很整齐,包括长发人妖的男声,也夹着母亲的哽咽,脑海深处传来竟如天籁，我们原谅你。

小镇的电影院放映着谁也不会留心的旧电影，旅人买了票却没有进去。好像有预感他的父亲就坐在里头，那不成那太靠近了。白日里无客可接的妓女众人也会在吧，她们坐成一排来来回回地传递马铃薯片、汽水和爆米花。旅人猜想同一出戏她们已经看过很多遍，然而没有人记得住电影的人物和情节，每一次重看都只是为了遗忘上次看过的。旅人只是很多路过的嫖客里的一个，倒映过来也只是很多漫无目的的旅人里面的一个。根本没有存在这回事。旅人坐在老戏院门前的石阶上喝汽水吃爆米花。

旅人这路是要走下去的，走下去不外乎换一个城镇，换一间旅馆，换房间，换妓女，换火车站。只有父亲我是不能换的。旅人离开之前拨了一通电话到报社，编辑说抱歉你小说里的多声调是假的，地点是假的，感情也是。旅人主动提议重写一遍，那妓女可以不死，但父亲非死不可。四月的光从高空倾下，小镇的电话亭就像随时要被蒸发。旅人把烫手的听筒挂上，转身泅入液态而黏稠的高温中。

旅人鱼贯进入，火车开始吞食。四月无雨，坐后面的老妇人说，真奇，见鬼么这天气。旅人从背囊里找出一沓稿纸，摊在膝上写下第一句。奇。四月无雨。真奇。

疾

> 如果我死去,我们会更靠近一些。而我没有死,只是一身病。病。没有痛,只是内里很干的一种状态,很渴,很饿,不断呕吐。太多的幻想如太多荷尔蒙,也不是我愿意的,就是一直自行分泌;想象遂而为病,虚幻为病,疏懒为病,不死亦为病。

如果我死去,我们会更靠近一些。而我没有死,只是一身病。病。没有痛,只是内里很干的一种状态,很渴,很饿,不断呕吐。那么一个有鞭炮声的春,塑胶桃花真诚地开着,门前的春联红得烧起来。我躺在懒人椅上,想象自己将死。医生说"你病了,心病"。太多的幻想如太多荷尔蒙,也不是我愿意的,就是一直自行分泌;想象遂而为病,虚幻为病,疏懒为病,不死亦为病。

你死的那一刻我别过脸去,不是不忍,而是抗拒。这样你就想离开了,而果然真的离开;许多债没有还清。死了以后你很干净，病菌仍然在啮咬你的身体，并且分外落力，有点像是在替你清理遗骸。是菌葬，化为乌有是你对人世的归还；乌有，便是连尘土也算不上。

你死了我守在尸体旁，给你盖被，掰开你的拳头，没有惊动别人。你死了我有很多话要说，但都跟童年和回忆无关，跟我们无关，就好像闲话家常。隔邻床位的阿伯问我你是不是死了，为什么没有扯鼻鼾。我有点心虚，像是你被我害死的。但我以为自己才是受害者；你有什么呢，拍拍屁股走人，留给我虚空，留给我没有对象的怨怼与仇恨。

一直到晚上都没有人发现你的死。如果有，只是因为没有了你的鼾声，邻床阿伯睡得不太安稳；半夜醒来还是要说，你爸爸睡得死透透。我笑得很阴森，医院冰凉的空气里这样冷冷笑着，觉得自己像鬼。护士送来的饭菜我都替你吃了，然后替你呕吐，都是一样的秽物；都酸，都苦。真不知道自己想要隐瞒到什么时候，其实只是对以后感到无助，不知该如何想象你的不存在，以及你不存在以后的我的存在。

我倒没有想过以后我就不复在了。小房子突然变得很大，而我变得很小，很小又很安静；可以不动，可以不发声，只要躺在你睡过的懒人椅上就好了。饿的时候想象用膳，渴的时候想象饮水，困的时候想象睡眠。一天二十四小时可以一动不动，近乎虚拟地活过去。医生说我病了，有精神分裂的症状，给我镇静剂给我安眠药。可是医生我已经够安静了，尸体一样地安静；我睡得很香很甜，没有想象做梦，死亡一样地陷得很深。几颗药丸拿在掌心会发光似的，我躺下来想象服药，连苦味都是真切的，因而想呕，就呕了，呕出来许多奄奄待毙的萤火虫。

我知道有一天我也会像你被扶到中央医院，一手拿面巾一手抱着塑胶桶。你跟来来往往的护士说你要呕，便身体力行地抱紧塑胶桶呕出呕吐的声音，还有酸黄的胃液和口水。我不记得自己站在什么地方，但视野一直有你，你的正面你的侧身你的背影，你生你老你病你死，你就这样消失。我记得当时在想象你的讣告，好不好就写你死于冷汗、愧疚、懊恼、梦、空白、报应、饕餮？医生说你一身是病，你会从头发到脚趾全部溃烂，你的内脏将全部化为脓汁，但医生说你看看他的心电图，你看看他这强壮的一分钟七十五跳，简直像一个年轻的小伙子。是的你人老心不老，你不死心，你还在留恋什么。

你死后我唯一很想做的事情是放火烧屋子，连车子一并烧掉。但我毕竟没有做，甚至没有想象。你的气味滞留在这里那里，你的病菌仍然在飘荡和繁殖；车子依然很臭，好像你的生活还在延续，你的颓废和败德，你的干旱的人世。其实从你搬过来的第一日开始,我就不得不坠入这氛围里,好像我是被你放在两只行李箱里一起带过来的;好像你的死和我的不死都是由你预谋好的,一台戏。

现在这台戏就剩我一人撑下去了。我从懒人椅上爬起来,要在你的遗物里找出一个阴谋。都是你住进来后已经被发现过的东西,预诊卡、胰岛素注射器、泰铢硬币、当票、红黄蓝绿许多药丸、糖果包装纸、身份证、有血和痰迹的纸巾、泌尿专科的账单。这些东西足够将你的后半生完整地诠释出来了。你的大老婆在电话里说"有咁耐风流有咁耐折堕,我冇眼屎干净盲"。于是你像一件无人认领的物事被托运到我的屋子里来;你挽着两只行李箱,你咳嗽,你说"我回来了"。

你死了以后我终于确认了这事实。在医院里,当我伏在你卧尸的床沿,忽然知道这就叫拥有,因为你不再离开,我将不再感觉失去。你死了我就踏实,你死了就好,屋子回到过去的宁静,无人干扰我与寂寞相互撕咬。但你的行李箱仍在,你的霉菌无声息而腾嚷,你在。护士把我摇醒,喂喂喂,你爸爸死了,你发神经,还抱着他的尸体;都硬了,都要发臭了,都要生虫了。喂喂喂。

你说好了死后要火葬,你坐在车子后座,你的脸在望后镜里枯萎。终于你答应要去医院,好像就打定了死的主意,也做好了死的准备。抱蓝色塑胶桶的男人朝桶底自说自话，他说死后烧成灰要撒在海上，一了百了。我想到战争与和平，想到公义与人道，想到你若死，本质上到底是污染还是环保；想到我在乐浪岛或马尔代夫游泳时，你的骨灰将沾上我的身体潜入我的阴道；想到自己将要怀孕了，想到轮回和循环。

医院人很多，排队急诊的人都有一种时日无多的气色。大家在不明所以之中流动，流血的先治昏迷的随后，你这种不痛不痒的唯有枯坐。我们在急诊部的登记柜台前面并肩坐着。我以为你有话想说，而你只是呕和咳嗽。我后来把座位让给一个假作呻吟的印度老妇，我四处走动，但我正视有你，侧视有你，背向你却仍感知你。我感到生命如此无语和不圆融，我们都有所缺，我们必将在欲语未语之际，带着遗憾死去。

你叫我找一个男人嫁出去，我很辛苦地咽下一口面包，在胃囊里面包还在发酵，你就是我唯一的男人了。面包变硬和发霉，咖啡里有蟑螂浮潜，音乐还是蓝调的。你怎么说，我的男人。只要一天你还在，我就无法对婚姻释怀。我的脑海里有女人蹲着的背影，切白煮鸡，腌黄瓜酸，乖乖，黄瓜心给你蘸酱油吃，拿一张小板凳坐在屎坑边，安静吃你的黄瓜心。黄瓜心有甜甜的一股香，女人的泪是苦的，酱油咸；

我很乖很安静，坐在小板凳上等你。

小学的时候我在歌咏班里学过一首歌，《记得当时年纪小》，可是高音的部分我拉不上，该停顿的时候我停不了。我曾经是多么平庸的一个孩子，家长日没有人来领我的成绩册。喂你的爸爸呢妈妈呢，他们没来我就不发成绩册了。我剪了冬菇头，刘海长得遮挡住视线。老师说你的杂费没交你的图书费没交你的乐捐卡没拿回来，喂喂喂。三年级我就开始在成绩册和一干文件上冒家长签名，老师说这孩子绘画天分很高；有时候也帮你在文件上冒别人的签名，先在过时的报纸上练习许多遍，直到你点头和笑。

以后知道你住过拘留所，我一点也不诧异。你总是犯规和使坏，你利用过一个小女孩的艺术触觉和绘画天分，活该。而你在拘留所过了七天并没有改变什么，欠着一屁股债，女人孩子在家中诅咒你，滚远去，别死在这里。印尼外劳说老板三个月没出粮了，印尼人用印尼话咒骂你，他们带着小工厂里仅余的旧电器离去。有一台电冰箱是我这儿搬过去的，摩托车也是，还有没了绿色的彩色电视机。

我不诧异但我流泪，想到你肥大的背影蹲在拘留所里，你呕，白发疏疏落落地掉下来。那年我小，夜半你吐血便扶你搭计程车到医院。母亲抽泣的声音衬托我们；我第一次想到你会死，有点兴奋，连兴奋也是冷静的。念小学就开始希望你死,你也常常出现某些将死的迹象;胃生疮,屙血,脚烂,很多年了居然母亲先死,你坐在灵柩旁半眯着眼睥睨来往的人们;你剥花生,吃叉烧包,开始有点老人痴呆的模样。等了这么多年你现在才死,活着何其婆妈。母亲的背影和你的交叠起来,她煮白切鸡,你呕;我静静安坐在小板凳上,蘸酱油吃黄瓜心。

你问我后来怎样了,但我突然很累。事情多是这样子的,不由分说。我们是不分青红皂白的关系,血肉相连又血肉模糊的,像被卡车碾过的死狗,筋连筋肉连肉。我捉住尸体的手,我枕在你的胸膛上,想象无梦,遂而酣眠。如果有梦,梦便是一团漆黑与冰冷,梦便是无感与孤独,梦便是停摆的时钟。睁开眼才浮起来母亲哭泣的脸,第三个第四个无脸的女人的脸;睁开眼是一个黑白电影的年代,我的冬菇头仿佛小小的洋伞一把,刘海掩盖我的安静、稚气和忧伤。

后来你什么也咽不下,你瘦,呕吐很凶猛,五脏六腑都在排挤吞进去的食物;呕一次仿佛把你整个人榨干。我用马来语告诉医生,你之前两个月每天早上都要呕,小便的味道甜而腥膻,色黄冒泡;你又习惯不冲厕,厕盆里浮荡着病态的粪便、尿液和隔宿之粮。两脚浮肿是因为糖尿病,行路步履艰难,爬楼梯像蜗牛上树,便常常赖在客厅沙发上睡觉,甚至不洗澡,染黑过的头发油而黏腻,头皮屑落在肩膀上。

你这样怎能在拘留所里过日子，你没有注射胰岛素，其他药物都留在我这里。你会蹲在小小的牢房里呕吐，老鼠爬过来舐干净；你连老鼠也想吃，今生你吃过很多丰盛的筵席，把许多不该吃的生灵活剥生吞；猴子脑穿山甲，虎鞭龟头。病之前你腆着脂膏满溢的大肚腩，润白的脸上红出血来；裤头的纽扣总是解开着的，露出已经松掉或脱线的底裤的橡胶带。你的胃一直在承受你的残暴不仁，是的你的罪孽，你以万物为刍狗；这器官还得帮着毁尸灭迹。你生病总是胃先出事，以前生过疮，疮破裂流血，夜里蹲在房里吐血；血在已经发酵但来不及被消化的食物里，色如女人月经。也曾经胃溃疡，屙黑屎，粪便是铜锈一样陈旧的颜色。很多次你都挺过去了，以为命硬，其实是天谴，你苟且偷生你不得善终。

命里的最后，你抱着塑胶桶作最后的修炼，朝夕晨昏，日出日落。我下班回来，看见沙发上昏睡着一具依稀的人形。我们之间有了点冷森森，有了腐败的味道，很臭。你便说，送我到医院吧，我不想死。

我们一个站着一个坐，中间隔着人们的生老病死，其实生老病死就是重重雾障。护士们蜻蜓点水似的来了又来，喂喂，你叫什么名字。你缓缓抬头，护士却又一溜烟而去，谁也搞不清楚状况，到底批准你留医吗，抑或是要我扶你回去，让你死在家里。登记以后超过三个小时，我们看不见将来。将来你的死因已经决定，然而无处可死，你没有家。你的大老婆说，你给我死远一点。

黑暗一下子就把我们咽下去了。病入膏肓以前，你没事仍然喜欢到花县会馆玩纸牌。老了没事的时候比有事的时候多，磨着耗着反而加速老化。眼睛先有征兆，入黑了视域收窄，也许是夜盲，经常发生小车祸，经常赔钱。早上出门总可以在车上发现新撞痕。那辆国产车像你的胃，老旧，破损，挡煞，当灾。最后银行有人来收车，说是半年的供期没还。我回来看见它不在，夜里你乘计程车回来，问我拿五元付车费。

翌日你就走不动了，早上穿好衣服准备出门，可是背脊一贴上沙发就起不来，浮肿的眼皮往下压，坐禅一样入定到晚上。哦夜了我要去睡觉，说着抓紧楼梯扶手爬上楼，欲呕。明天吧明天再说。可是谁敢说明天我们还存在，你还会在吗。我问你要不要进医院，你闷哼一声，无凭无据的自信。后来医生说，你看他的心跳，简直像年轻人。是的，死之将至犹不知悔改的笃定与稳当，一分钟跳七十五下。如果心电器与测谎器雷同，你看你这天生杀人犯，完美的罪人，该将你钉在十字架上，让你死于各各他山。

去医院那天，你一手抱着塑胶桶，另一只手揪着松得要掉下来的裤头。汗衫有汗酸,底裤有尿膻,口腔有馊气,肉有菌,魂有蛆,摊在车厢后座如同死去多日的尸体。我问你如果你死我要通知谁,你那边的老婆孩子亲戚朋友,我一概不知。我想抱你但退却;你很臭,碰你会让我感到委屈。我没名没分,但你生前死后我仍必归属你。我们的家谱中我无处可去;我们困在车厢中,车子在堵塞的路上,路在滞留之境,我们被堵塞在自己的身体里。

那天折腾到午夜才确定你会被送上五楼B,难民营一样的集中病房,每一个躺在床上的病者都老迈都朽坏,他们呼吸以至空气都陈腐了。生命如此潮湿,寄生着各形各式莫名所以的蕈、蕨、瘤、菌、瘢、苔、霉、病。你来这里如回到老母亲的子宫;最初的胎,最后的冢;空骨埋尸的乱葬岗。我走了你休息吧,我转身但我记得你躺在四十三号床;记得你名字的马来文拼写,你的身份证号,你的没有意识的目光。

你死后第三天就是除夕,我一个人静静吃晚饭,白切鸡、黄瓜酸。医生说那是幻象,"哪来的饭菜,你被发现时已经四十八小时没饮食了"。噢,就在懒人椅上,我蜷缩着身体,其时你已被烧成灰烬,骨灰安放在三宝洞,无人进香。你都死了我还可以等待什么呢。医生我好安静,安静是我承受这人世这人伦的方式;安静地上学放学,安静地上班下班；安静的性爱和欲望，安静的生和死。

报死纸这么拼写：M-A-U-T，死亡被念成客家话的"冇"。终生你一无所有，我去问米，被问米婆捉住我的手，你说你很辛苦你依然日日夜夜在呕。我差点要相信了，直到我看到手腕上被捏出来的瘀痕，忽然察觉这只是一个骗局。如果你会捉住我的手，死前我们怎么会无言以对，死了连办你的丧事都有一份事不关己的陌生。但问米回来我还是给你烧了一只纸扎痰盂，不相信老成精的问米婆，但我相信报应和轮回，怎么会有拍拍屁股就走人这么便宜。

我说，你的死有我的诅咒在里头，说时我已理了一个冬菇头。长长的刘海底下有一双近视眼，镜里凝视自己。死了母亲终于得到你，她在瓷像里笑得好温柔。抱歉噢我不会给你自由，记得余生你说过什么，你说不自由毋宁死。我把你们搅拌成一堆，在日本手工精绘的彩瓷里，母亲快乐地拥抱你爱抚你强吻你，她说天天要给你煮白切鸡。亲爱的我如此拥有了你的余生之后，我不会任你去游乐浪岛和马尔代夫，这个我不必去问米，我知道死了将比不死让你更难熬。

如果我有勇气，恐怕老早我已经杀死你，而我怯懦和软弱；如果我还有更多一点点的勇气，或者也会陪你一同死去。新年前在医院的病床上，我梦见死和你的眼泪，我们在漆黑中抱头痛哭，谁也看不见谁的脸。怎么说你死的那一瞬间我们很靠近,靠近得我不能不感觉陌生,因而别过脸。这样你就想离开,而果然真的离开;就在我们很靠近很靠近,几乎相依为命的一瞬。

我们一起看饭岛爱

　　只要你愿意，没有办不到的事。素珠仍然把一箸即食面举在半空中，仍然听到有人在她的厨房柜子里弹指甲。她试着去想象其他，譬如没排好的版，标题是综艺体七十二级：艳鬼寻凶，夜夜销魂。

　　想象有人在弹指甲。

　　在寂静的屋里。傍晚而将入夜。一个人煮了泡面坐在厨房里吃，听到柜子里传来小小指爪在刨刮某物的细微之声，便想象起柜子里有人在弹指甲。

　　这事是不对的，柜子很窄小，要能藏人也唯有是个小孩。素珠她想到日本电影里浑身抹了白色颜料的男童，擅爬行，行动时全身骨节咯咯作响。小男孩的眼珠浑黑，看人时无有喜怒哀乐，是一张无辜的脸。

　　无辜夭折，故而成为怨魂。她在亮了一盏孤灯的厨房里，觉得惊怖，夹了一箸面却吃不下去。

西门不在。西门不在,让一屋子的寂静腐蚀得更深一些,更溃烂一些。素珠知道西门往哪里去了,小酒店的小餐厅,西门穿阿森纳球衣的背影,红色。陪他调笑的是金发的澳洲女孩,染着淡淡阳光的皮肤白皙得发亮,亮得她一脸淡褐色雀斑都飘浮起来了。

素珠觉得最近的想象都有了电影感,一个画面承接着一个画面,她的西门却始终在画面里背向她,素珠只看得见阿森纳的球衣,红色;皇家马德里的,白底黑字;巴西的,青黄;意大利,蓝。

至于有人在弹指甲,素珠以为是一个人连接着看许多恐怖电影的缘故。老总叫她想想去,现在流行什么。素珠翻开报章看到的是日韩港的电影海报,都阴森森,都血淋淋。可是她觉得几乎不可能,很难,怎样把这些红黑色元素注入她的小说里。老总斜睨她,看着办。

只要你愿意,没有办不到的事。素珠仍然把一箸即食面举在半空中,仍然听到有人在她的厨房柜子里弹指甲。她试着去想象其他,譬如没排好的版,标题是综艺体七十二级:艳鬼寻凶,夜夜销魂。

网友负离子会批评这标题很土。素珠的网友,她叫他作聊天室大玩家。负离子有很年轻的灵魂,他对她温柔,告诉她很多年轻男女不可告人的事。素珠也假装很年轻,登记册上填的是二十。二十岁，那年西门才是个两岁大的孩子，五官精致小巧，眼神总是显得很迷惘。最初有过一段日子，素珠生起过要把孩子捏死的冲动，她的两手都按在男孩的脖子上了，她说西门真对不起。

把吃不下去的泡面倒掉，素珠洗了碗筷，走到狭窄的客厅来。电视开着的，但无声；吊扇转动着的，呼呼作响。老钟无秒针而有秒声，嘀嗒嘀嗒。浴室的水龙头没旋好，滴，督……滴，督。素珠步行时听见左膝的筋骨在响，像有弦被弹拨，剔，剔，剔，又像有人在弹指甲。声音细微，一点一点将房子放大。素珠简直觉得客厅变成了旷野，所有物件都离开她越来越远，西门你不在。

西门回来的时候，想必脖子上会有吻痕。素珠看过的。这孩子喜欢这玩意，那澳洲女孩也很野，隔着爪哇海和阿拉弗拉海，几千公里就这么飞过来。素珠听负离子说过这些经验，无爱的性事。负离子还怂恿她把故事写下来，两个人坐在马桶上玩，结果把坐板都压坏了，男臀还印了红红一个椭圆形。素珠写了，老总竟然真觉得好，他抹了抹秃头说，年轻人会喜欢。创意嘛。

老总不知道，以后素珠坐在报馆女厕的马桶上，都觉得有些异样。她想象这些马桶都是老总坐过的，便生起自己正跟那秃头男人苟合的恶心感觉。在自己家中的厕所里，素珠却会幻想着年轻的负离子,坐在马桶上对她招手。来。乌鸦你过来。这幻觉让素珠浑身滚烫,心却是一点一点冷下去的,好像她正在干什么坏事,好像她正在出墙。

罪恶感反而让她对网上的世界更沉溺一些。素珠在深夜里上网,那是人们最纵欲的时段。负离子如是说。二十岁的素珠故作天真地装着什么都不懂,并且什么都好奇。深夜敲门的男性轮番问她,结婚了吗,有男朋友吗,还是处女吗。素珠试着迎合(负离子指导她:像你们正躺在床上,男人要什么,他会给你指示)。慢慢地她知道了谁期望她是个中老手,谁又在想象她是个腼腆的女孩;他们谁在寻求狂野的高潮,谁又想舔舐处子的阴血。

负离子笑着说,这里就如此简单,无非只是在满足彼此的想象。他说乌鸦你一定懂,你会找到很多素材,你会红起来。素珠晚间谈了这些,日里继续写她的《大食秘书艳情录》。这本来就是很受欢迎的版面,西门五岁的时候,素珠就在那里连载了她的第一个小说,叫《深闺怨妇情》什么的,因为稿费可观,再加上日常的排版和校对,总算解除了她在经济上的窘境。房东不再三几个月便来赶人了,也不必因为欠债而三几个月便给西门换一个托儿所。

西门却终究阴森森地长大。素珠以为惊怖,孩子阴鸷的眼神,总是像猫头鹰似的,专注地凝视着什么。素珠看见男孩脖子上的血痕，以后随着年月逐渐转成淡青，却像是渗入皮层的，她的罪证。素珠对负离子说，她有个同龄的男朋友叫西门。我爱他可我也害怕，他愈狂野愈悲伤；他多么憎恨一个曾经把他杀死过的女人。

素珠模拟年轻女子的语调，仿佛无辜的，总像下一场轮暴的受害者。负离子体贴而熟练，如蛇一般盘缠上来。他比初识时狂放多了，文字多么温柔，几乎感觉出来那里面的湿和热，而省略号，是他语言间断断续续的厮磨。素珠耳根发热，身体的回应如同处女对情人的答复，总是饥渴但柔顺的。她依言褪除衣物，裸体映着电脑屏幕上的光，暗室中但觉苍白，如剥掉皮的蟒。

有一天夜里，负离子问素珠：对我，你如何想象？素珠闭上眼，脸上泛着欢爱过后的红潮。黑暗中缓缓浮起的是许多年前那男子的脸，下腹便反射性地生起初夜般的痛。素珠对着电脑哭了起来，负离子终究不知道她当夜的悲伤，但他良久没有登出，像是陪她静坐在不断下沉的伤感中。

只要抽离了负离子所在的世界，素珠仍然对生活感到乏力。屋子像医院太平间那样的冷与阒寂。某日她对西门的背影说话。再这样，不如你搬出去。素珠说了便愣住，那一点不像是她自己的声音。西门怔在原地，伸出两手抱着后颈，抬起头来思索了一阵。很多年了，素珠老觉得西门这惯性的小动作别有含义，手与颈，像在指标她的罪孽。

那一夜，素珠又上网找负离子去。负离子却稀罕地显示在离线状态中。以后数日，代表负离子的那朵小花都伫立在离线者名单中，孤僻地显现着近乎枯萎的暗红色。素珠直觉他在，但那暗红是他的背影，一如西门的红色利物浦，其实在表达一种执拗的拒绝。素珠便不去敲他的门，她开始有点懂了这个空间的规矩；负离子警告过的，不得硬闯，闯进去便会发现里面只有虚空。

那几个夜里，男人们来了又去，素珠以职业性的文字，无声地勾搭与顺从。她的大食秘书凯德琳，彻夜斜倚门楣，举起录像机来记载她的艳情录。素珠昂起脸来直视镜头，就像冷冷看着各国男子夜半闯入，向她展示勃起来烫热的阳具。凯德琳后来在她的日记里写着：噢！其实我们都很可怜。

那次以后，素珠觉得西门又离得更远了些。他们去给男人送殡，母与子，各在行列两端。西门的孝服是大卫·贝克汉姆在皇家马德里的球衣，素珠记得他还有一件齐达内的。她在行列之末举目张望，西门那两年拔高了许多而显得薄弱的背影，如一张照片漂流在远处的前方。

负离子再出现，素珠感到亲切，也不需要很多语言的逗弄，他们便缠绵起来。素珠在电脑前张开双腿，空气里有爱尔兰木笛曲牧养的音符，在暗中列队又散落。素珠情迷意乱，她喘着气说了很多年没说过的话。

我爱你。

说这话犯了规。负离子依然像个老手在指引她。还是不说的好。素珠这才稍微清醒，意识到自己站在无人的舞台上，向漆黑无声的观众席展示裸体。那裸体是行将枯萎的，她觉得尴尬。大食秘书会在翌日的故事里嘲笑她；凯德琳爬上她的办公桌，用两眼暧昧地笑着，却什么也不说，只是左手一直在弹指甲。

写到这里，素珠的小说再度落入俗套的性爱公式中，大食秘书艳红的唇印变得像月经淤血一样令人厌恶。负离子比她更紧张，连着几天都追问她出了什么状况；是不是因为你的懦夫男朋友。素珠感到心虚，西门不知道她一直在写这些，也许他只知道母亲素珠在小报馆当编辑。素珠刻意把许多烹饪书和家庭小百科拿回家，向不闻不问的孩子暗示自己的清白。这些事情，她有时候很想对负离子说，但话凝结在指尖那里。要是按下去了，会不会把多么轻巧脆弱的一个年轻小情人惊走？

于是他们转换话题，谈到电话性爱的事。负离子问素珠，乌鸦你要不要也试一试？素珠有点迟疑，这新点子唤起她的欲潮，如有满月在勾引。她猜想凯德琳一定会喜欢。那秘书也在怂恿，去吧就一次，他的声音难道会让你怀孕不成？素珠讨厌凯德琳的露骨，那是近乎无耻的，像蛇在跟夏娃耳语。但素珠无法回绝，负离子不断向她讨电话号码。说啊告诉我，说啊乌鸦。

素珠终究禁不住诱惑，如同二十年前，少女素珠在初夜中的无辜与期待。她为此付出过眼泪、惊恐、脱发、自尊、杀子、悔咎，所以在这夜里她毕竟比以前多了一份世故，她对负离子说：不，你给我你的电话。

凯德琳在艳情录里拒听新波士的电话，她说这多没瘾，不如一边看饭岛爱的高校女生，一边自己解决算了。负离子还教她在小说中加入私人护士五姑娘和部门经理SM小姐。最重要的是写得生活化。负离子对这显得兴致很大，只差没要求素珠把他也写进去。年轻人什么都没放在心上，断断续续告诉她许多欢喜之事，原来把马桶厕板坐坏的就是他，还有一个女孩即将从遥远的黄金海岸飞过来。

素珠仔细地聆听，她与他之间的无声。她十分庆幸，却掩饰不了那有点痛感的惆怅。那一通电话终究没摇过去，而只有凯德琳知道这秘密，素珠她毕竟失去了一个纯真但老练的小情人。

素珠醒来时发觉自己躺在沙发上。已经入夜，厅里灯没开，但电视机依然是开着的，有西门的曼联背影晾在电视机前。素珠坐起来，西门在吃泡面；电视在消音状态，西门吃面却啜啜发响。素珠眼睛直勾勾地注视着电视屏幕，那画面里有一对半裸男女在无人的荒室中厮磨，素珠接近无意识地看着男人和女人，有点想到了该怎样把惊悚元素灌入她明日的艳情录。素珠看一眼电视余光中的西门。那女的是谁，是饭岛爱吗？

明日素珠将会忘记西门是怎么回答的，也许他根本没回话。凯德琳站在他们母子之间，用小型录像机在拍摄素珠睡眼惺忪的脸。素珠无所谓地面对镜头，噢时间过得像飞一样，已经是快四十岁的女人了。西门没听见她的慨叹，那年轻小伙子把大半杯泡面灌入喉咙，咽下去以后，像平日那样用球衫的左袖揩了揩嘴巴。

素珠把脸浸泡在电视的辐射线中，努力地想象着饭岛爱的呻吟。忽然那孩子转过头来，向她展示那一张与死去的男人极其相似的脸。

西门问素珠：

你怎么了？

你怎么睡觉时在弹指甲？

＊二〇〇五年第二十八届时报文学奖·短篇小说评审奖

七日食遗

希斯德里是头尊贵的灵兽,无论对谁都摆出刚刚描述过的这一套狗仗主人势的招牌动作。它只对老祖宗一人服服帖帖,它是老祖宗一人的宠物兽,闲时会趴伏在他脚下舔他脚趾,或者像马戏团里的贵妇狗那样人立着伸出两只前掌向主人示好。

第七日。宠物兽已经七日没进食,老祖宗发了慌,也陪着连续几个晚上不睡觉。这事邪门,老祖宗只要一百岁不死都有新鲜事,他那号称什么狗屎垃圾都能填饱肚子的宠物兽居然搞绝食,这事简直比我们这与世无争的蕉风岛发生九级地震加夺命大海啸更像末日的启示。

老祖宗此刻就蹲在他的工作室里,几乎没跪下来求他的宠物兽吃东西。那工作室向来是没人敢进去的,一是因为老祖宗打从搬进来第一日起,便已郑重声明,那房间从此是我们家的机密重地,除了老祖宗本人以及他的宠物兽以外,即使吾家嫡系子孙如我辈,擅入者也一样格杀勿论。

老祖宗的脾气如憋了整个礼拜的宿便既臭又硬,早年的牢狱生涯把他提炼成钢,真个是说一不二宁死不屈,铁铮铮一条硬汉子。当初他来,家族里的长老级和叔父辈千叮万嘱,说老祖宗声名显赫,这辈子干过无数跟家国民族的命运息息相关的大事,哎呀绝对是可以摆上神龛去供奉的人物。因为这样,乡亲父老们一再告诫:他老人家要风嘛给风要雨嘛给雨,汝等儿孙小辈无论如何不得忤逆老祖宗的意愿,或挑战其永垂不朽之权威。

这事说好办不好办,说不好办吧其实也不难办。老祖宗架势十足,电影里头戏班老倌似的说三两句话吐一口唾沫。那些猪头炳,我呸。那些冚家铲,我呸。那些生番薯,我呸。可幸我们家有五千年优质家学渊源,拿痰盂接口水是凡我家子孙三岁起就得修炼的基本功,所以老祖宗即便骂到蒸生瓜(呸)、萝卜头(呸)、鱼虾蟹(呸呸呸)……家里人仍然可以应付自如。

跟老祖宗那千锤百炼的食谱化骂人艺术比起来,我们全家老幼毋宁更害怕他身边那只奇特的宠物兽。说来真不愧是神人一样的老祖宗,就连养的宠物也超凡入圣,神武得教人望而生畏。宠物兽被取名希斯德里,听来跟尤利西斯或凯克里斯那样,充满了远古神话的气质与品位。希斯德里如狼似虎非猫非狗，眼睛是有点灵性的，嘴巴是有点血腥的；表情有点人性，声音有点野性。这兽头角峥嵘，四肢发达，见人总是哮天犬似的拉直胸背龇牙咧嘴，背上长毛根根竖起如箭，脚掌的利甲只只铿锵如刀，还有那长尾巴九节鞭似的虎虎生风。呜呜呜，嚎嚎嚎。

希斯德里是头尊贵的灵兽，无论对谁都摆出刚刚描述过的这一套狗仗主人势的招牌动作。它只对老祖宗一人服服帖帖，它是老祖宗一人的宠物兽，闲时会趴伏在他脚下舔他脚趾，或者像马戏团里的贵妇狗那样人立着伸出两只前掌向主人示好。这头兽的驯化令老祖宗引以为傲，然而他显然不希望让别人看见希斯德里的另一面，他把希斯德里养在工作室里，这就是大伙儿天大的胆子也不敢进去那房间的第二个原因。

有个天才说过好奇心可以杀死一只猫，是的没错。老祖宗见多识广遍历风霜，他读过书练过武，搞过革命扛过枪，住过森林采过锡矿，碰过政治办过华校，坐过牢受过伤；马来话印度话英语日语华语，广东客家潮州福建方言，人话鬼话什么语言都懂一点。谁都知道这蕉风岛没他便不会有今天这太平盛世。然而智者老祖宗千防万防却不知家贼难防，他居然不晓得这时代有针孔摄录机这"东东"。东西是今年大选刚获得人民委托的前色情兼盗版光碟批发商，今国家内部安全事务部旗下情报局总监，尊敬的议员（加皇家勋衔若干）先生所提供。议员先生万不得已，毕竟我们家老祖宗是个有极高知名度，超强组织能力、号召力、攻击能力，更兼厚厚一沓严重妄想症病历表的危险人物。为了国家及老祖宗本人的安全起见，他回归后起码还得监守行为十年八载，以确保本身已跟恐怖的极端左倾祖国主义撇清关系。

说是因为好奇心作祟，到底是为了那头兽。它太炫太耀眼了，超酷的使唤兽，比亚马孙巨蟒或濒临绝种的红毛人猿更穷奢极侈。那稀世物种是再多的皇家勋衔也换不回来的。也只有我们家老祖宗和寥寥几位尚在人间的别人的老祖宗，他们活得够老且这辈子参与过的大事够多，正如我老祖宗曾经九死九生七擒七纵，到有一天他功德圆满，便会被赐予一只宠物兽，就像某时某日总会有某国因其行为良好而获得发配一对熊猫圆圆扁扁或四四方方。

有了希斯德里，老祖宗的满腹苦水与牢骚便有去处。哎呀，牢里头曾骑在巨冰上接受拷问，把老二它冻得神经僵死；山里头挨过饿杀错过人，有人养鬼仔有人施降头。这一切精神与肉体的折磨，老祖宗从此可以全部转嫁到宠物兽身上。老祖宗说呸，它是我的要你管？

这宠物兽的身世与习性都是秘密。据说它最初只有拇指般大小，蠕虫一样没有面目与四肢。大伙儿平日总不见老祖宗给它喂食，也没看见老祖宗带希斯德里到草地放牧。无荤无素，没水没奶，难不成希斯德里只吸食日月精华？果然事情很蹊跷，向老祖宗打听过的人都被喷了一脸口水花，老祖宗说呸，你们这些二世祖打靶鬼，吃饱饭没事干。

老祖宗不了解这些后殖民加穷极无聊的新新人类。他越是神秘兮兮古灵精怪，便越是容易激起公愤引来斗争。于是全电脑操控的针孔摄录机马上启动，数码化远摄镜头调整焦距，由天花板的高角度巡视老祖宗的工作室。在那平面图里，老祖宗除了吃饭屙屎便极少离开，尤其近日他正赶着写英文版自传和中文版回忆录。那是十万火急的大事，但凡被称作老祖宗者，都必得赶在老死之前为自己的一生画蛇添足，否则其生命再丰盛也终将残缺。我老祖宗要是百年归老没那样的一本书陪葬，便像老太监死了没宝贝入殓，那叫死无全尸，必不能入土为安。

老祖宗这把年纪嗅到了棺材香，时间是不等人的，再说别的老祖宗也在写他们的回忆录。这不得了，就战略而言，谁第一个出这书具有复杂的意义和决定性的因素：它说明几位老祖宗的功绩孰多孰少，而且市场学上有叫"先入为主"，对接下来攻占市场构成关键性的影响。为争饮这头啖汤，老祖宗们谁也顾不得当年谁兵谁贼谁主谁副，大家拼了老命，每天把二十四小时腾出四十八小时来，写他个日月无光蜡炬成灰。

关于谁该第一个出书,我家老祖宗非常介怀。平面图里只见他一边写一边骂,反骨仔(呸),发瘟狗(呸),拆白党(呸)。基于医学理论上某种人体和心灵的反射性效应,可以想见以后老祖宗的回忆录必将出现上述人名,并且很有可能成为某些反派奸党的代称。

再说我老祖宗写自传,那是左手方块楷体右手英文草书,两手齐下笔走蛇龙。阿拉妈,果然是我后殖民与多元种族百年杂交配种的天才老祖宗。看来他年轻时早有预感,工作室内堆满了旧书信日记照片党册剪报等出土文物,四处有老书与旧报纸苦苦待命。书桌上孤灯投影,熏起一层前朝情调;老祖宗后顾前瞻右思左想,像一只破古董在思索自己的身世。

这样一小时两小时,连高科技摄录机都因为困倦而开始眨眼了,老祖宗犹且不知人间何世。负责监视的人渐次离座,只有很少数心电感应特别强烈,或艺术触觉特别敏锐的,都被沉浸在悲情中的老祖宗深深感动。看他时抬头时低首,脸上的神情时激昂时黯然,再说两手的动作充满节奏感,哇塞只要加一支命运交响曲进来,活脱脱是一个世界级的音乐指挥家。

要不是工作室里有谁放了一长串响屁,监视群差点忘记了希斯德里。为它我们甘冒大不韪，而此时那头灵兽感知被窥索，面对镜头伸了个懒腰。它始终无所事事，老祖宗伏案疾书的时候，它便在那些旧书报堆砌的围城内来来回回地走。偶尔像发现了生命的空洞似的委顿在当地；有时候其主推开它的巨臀拿一张旧剪报，有时候把它滴落在某书籍封套上的梦遗揩去。

毫无疑问，希斯德里这模样很痴呆，它一定饿坏了。

没过多久，我们便知道旁观者的忧虑实在多余。老祖宗喂食有时，他甚至给希斯德里编订了营养表。原来只等时辰一到，挂在神兽喉间的吊钟自会当当作响，老祖宗便放下笔，把早已为希斯德里准备好的午餐拿出来。

当时监视群中无人意会，直至老祖宗低下头来喃喃自语，如背诵餐前的主祷文——尘世短暂，他妈的我的阳寿有尽时；希斯德里你的生命将作永恒。到那一天你这不死神兽要告诉世人你主的血泪与荣耀；告诉我儿孙曾孙曾曾孙，他们的老祖宗虽肉身已灭唯精神长存。

这篇祷词让紧盯荧幕的监视群集体打了一个冷战。我老祖宗念它时阴森森恶狠狠，希斯德里被他欺近来的脸部大特写吓得夹尾巴闪一边去。老祖宗不再怠慢，他如此小心翼翼豢养宠物兽，善待它，为它南搜北挖东挑西拣。嘿嘿希斯德里你过来，给我把这些全部吃下去。

且在这里如实报告：希斯德里那一顿午餐吃去某工党历史图册一本，要封面不要封底。献词删去三段半以后剩下字数四百余。书中的图片因重复性过高而大幅节约；凡有对头陈某，叛贼张某或走狗吴某亮相，因食之无味故一律丢弃。工党组队大扫除的记录斟酌裁剪（呸，我们拿枪搏命你们在捡狗屎）；镇暴队揪人衣领扯人头发的多重拍摄，这餐吃不完嘛下一餐再吃。那图册原本四百多页硬皮封套全彩印刷，交给希斯德里时却已有尸无骨有血无魂。神兽舔了舔嗅了嗅，扒两扒碰一碰，眼睛像鱼之将死翻了翻肚，哎哟那模样实在像老妓擘腿内外麻木。

在其主子我老祖宗的睥睨之下，希斯德里叼住破书费劲咀嚼。它在过程中数度停顿，露出一种呆滞却相对厌世的眼神。老祖宗等得不耐烦了，他察觉到希斯德里的不情愿，于是他摆出神兽主人恨铁不成钢的高姿态。你他妈的希斯德里，你怎么就跟俗人一样爱吃毒素。你他妈没听我说过多少次，那些有害染色素（呸），那些会致癌的防腐剂（呸），那些无益的调味料（呸），还有那些基因改造过的隔夜屎！

经老祖宗如是催促，希斯德里不知是怯于淫威呢，抑或省起自己的天职。它马上抖擞精神，跳起来屁股抬高四足盘地，呜呜呜，嚎嚎嚎，连吃奶之力都豁出去了，一味催动颈项和喉部的神经与肌肉，挤啊挤压啊压，只听得喉头咕噜咕噜，一部烂图册总算被希斯德里的食道挤挤弄弄地推送到胃囊里。

于是我们知悉了老祖宗与宠物兽之间不可告人的秘密。那工作室根本是一座粮仓，哎哟希斯德里像一只生于屎死于屎的寄生蛆，日日夜夜寄生在那些旧得要发霉，还酿出一股酸馊味的资料堆里。老祖宗要饲养这宠物还真不容易，以后看他的回忆录有蝇头小字记载："此兽胃囊奇大，又能分泌硫酸，任何烂铜锈铁狗屎垃圾均能消化。"就说嘛，难就难在这点上，老祖宗知道食量大消化能力强，可不等同营养均衡身体强壮，堂堂一头神兽仙物，膳食上总该有点品味。

监视群中没几个想得通老祖宗的用意，那些布满灰尘的废纸可不比铜铁狗屎好多少。拿宠物兽刚吃下的图册来说，里面很多图片分明用电脑动过手脚，黑白照上老是泛着一层虚伪的锈黄色，还有滤色镜加工的"夕阳无限好"或"血色大地"之类的情境，加上铅印油墨有致癌成分，老祖宗啊老祖宗，这像过期罐头一样不卫生。

想归想，这事不好说，说了会天打雷劈。老祖宗在人世有近百年的经验与荣宠，真个是可杀不可辱，所以父老辈才会战战兢兢毕恭毕敬，早有训令谓：不得挑战吾家老祖宗永垂不朽之权威。老祖宗以为好，汝等黄毛小子青头乌龟只该相信不该反驳；你祖要有三长两短，便整个家族没凭没据无依无靠，只有打返原形，回去抱人家五千年的老飞毛腿。

是是是。那些日子我们见证希斯德里咽食了回忆录三部，人物传记四本，图片集两册，古地图一大张，旧报纸两吨，旧书信两大捆，年月日期不连贯的日记本二十三册，中英巫文版学术论文集十余部，绝了版的本土小说创作若干，另有会议记录掺杂笔记本各项。所有"食物"先被老祖宗仔细消化过。嗥嗥嗥这些话胡说八道，哦哦哦这人的话一成都信不得，错错错当年的事我比他清楚，呸呸呸老臭虫死走狗。

可怜的希斯德里看来食欲不振，它每一次都得费好大的力气去完成进食的任务。它把主人的施与反复咀嚼终难下咽，仿佛口腔里衔着的是变硬变酸的香口胶，论凄凉哪，似乎比吃狗屎犹有过之。可怜的希斯德里每次完成了吞食，它的气色与外形便会产生变化。天呀，它变得跟老祖宗有点像，尤其是两眼一眨一眨，眼神变得更细致更复杂。监视群为此纳闷，他奶奶的这叫人性化。这情况千万个不好，有了这双人类的眼睛，神兽岂能再极目千里眼观八方？有个心电感应最强烈的我辈冲口说了一声"屌"，嘿嘿这畜生成了一块活动殖民地。

噢。老祖宗倒是甚感快慰。其时他的自传与回忆录皆已近尾声，写到被日本人枪伤的事迹时，希斯德里的后腿无端端长了一颗会疼的肉瘤;而写完了扣留营生涯,老祖宗喜滋滋地摸着了希斯德里那一对被冻坏的睾丸。

老祖宗给希斯德里检查睾丸的一幕很恶心,似乎因为这样,偷窥者忽然对神兽失去了当初的情衷。家族的各个小圈子如此流传:残废(屌),性无能(屌),偏食者(屌)。神兽与老祖宗毫不知情,他们关在密封的工作室里,两者都逐渐显得暴戾和厌世。老祖宗收集的资料与文献,经肢解剥皮拆骨或甚至剁碎后,该扔的都扔了,没扔的已被希斯德里吃得七七八八。工作室里什么都没了,连空气都似乎变得稀薄,希斯德里昼夜咆哮不停,老祖宗写得两眼睁不开几乎失明。

事情的转折就在老祖宗掷下笔的那一刻。他们一人一兽对视一眼后,忽然一起张嘴打哈欠。那还得了啊,仿佛工作室里剩余的空气突然全部被抽离,两个蠢材六脚发软眼前一黑,都一起歪歪斜斜跌跌撞撞地倒下。轰隆隆。家族里每一个人,都心下一沉呜呼哀哉,以为世界末日要到,地震海啸终于来了。

老祖宗醒来时证实双目已盲,他努力抠掉眼垢,发现我们家族的这一代流行着把成串阳性生殖器挂在嘴上。他们说你的兽睡得像条僵尸(屌),可怜得像条狗(屌),懒得像头猪(屌)。老祖宗没空理会这些脏嘴巴对希斯德里的亵渎，他被告知宠物兽自倒下去以后一直间歇性地腹泻与呕吐，兽医来诊说没辙便举荐了心理医生和茅山道士。老祖宗闻言急得滚下床，三步跪七步爬蹭到希斯德里身边去。

宠物兽希斯德里绝食第七日夜里，监视器操控室内留我一人独守。针孔摄录机启动红外线夜视功能，从高处凝视。老祖宗抱着希斯德里说，这事不对劲，这事没道理。畜生你得千秋万世我才能虽死犹生；你要修成正果还得把这两大部中英文上下集回忆录加传记，全部给我吞下去。

宠物兽忠贞一如往昔，它把吞进去的吐出来，又把吐出来的咽进去。如此周而复始反而复之，最终喉头的吊钟忽然狠狠地紧密敲响，哐啷哐啷叮叮当当，如是老祖宗的两部旷世之书连封套带装订全给它原原本本吐了出来，连它那一对悲情得不合时宜的眼球也被挤压得滑出眼眶，缓缓滑落到地上。

我们都记得第七夜之后老祖宗离奇失踪。尊敬的情报局总监多勋衔先生到我们家回收工具。他说操你老母的死机臭机烂机，居然在至为关键的第七天夜里发生故障。为此皇家勋衔先生将终生遗憾，好死不死偏偏漏掉了你们老祖宗被宠物兽吃掉的那一幕。闻言，我家族屌声四起老少咸宜，他们说老祖宗哪是被吃掉了，他这叫割肉喂鹰舍身成仁，要不希斯德里何来今日的荣耀与永生？

我们家族每一个人都是受益者。如此便好，我不多说。第七夜以后希斯德里曾入梦来留话，说回忆录加自传的全部版权收益归我所有，而我在禁地捡获的两颗干瘪睾丸可留作纪念。那可是比回忆录更重要的东西，暗夜中它们如舍利子幽幽放光，也像希斯德里的眼珠一样，蕴含了说悲情故事的才华。

　　这我当然懂，我是家族里心电感应最强烈的一个。因而我将与老祖宗及宠物兽成为一体，谨守我们父子灵共谋的秘密。在此，我高举睾丸一对为誓，那角度便跟第七夜的摄录机一样，它亲眼看见老祖宗四肢着地，像一头兽似的匍匐着爬行在红外线光束里。

　　老祖宗捡起希斯德里遗落的眼球，也以此立誓。他，我们，将圆珠体吞食。

＊二〇〇五年第二十七届联合文学报文学奖·短篇小说评审奖

假如这是你说的老冯

你知道那个人未必真叫老冯，但你还是向我提起过，他叫老冯。而我也相信眼前那人正是你说的老冯。要命的是他也侃侃地说起了那相似度奇高的，老冯的故事。他是一边喝着小酒一边说的，你知道现在有多冷的天，酒精让他赤色的脸又更红了些。

你说的一切特征，他都有。我几乎马上想起你提到过的，你说那人叫老冯。我不知道这是怎么回事，怎么我就以为他是老冯了。是因为他脚上那沾满泥土的皮鞋吧，也是因为他赤色的皮肤。眉很浓，叫我想起南洋那里日晒雨淋的野草丛。我还注意到他的牙齿，果然阔嘴巴咧开来白晃晃的，结实如两排饱满晶亮的玉米。嘿嘿嘿，嘿嘿嘿，他老这样笑。唇有点脱皮，整个人看起来很干燥，我觉得像是在北风中年年复年年晾着等待风干的，好大一块腊肉吧。

我也是在火车上遇见他的。你知道只有在硬座车厢才会碰见这种很像老冯的人。我要去北京，他可能要更往北走，我打量他脚下的大麻袋，胀鼓鼓沉甸甸的，像圣诞老人的袋子。猜想是从城里买了许多有的没的吧，一派的衣锦还乡。

果然，他就像你说的老冯那样健谈。我不明白怎么让他逮到机会打开话匣子，我以为自己已经很努力装出正在专心看书的样子，然而没用。这完全像某种定律，好像总会在这种北上的长途车子里遇上老冯那样的人，然后被他不太知趣地打断你的阅读或沉思，抑或是你和朋友之间的谈话。叫人不解的是，似乎每一个人生命中的某个长途行旅，都必须出现这么个人。好像我们其实都在冥冥中等待着的，被一个从"另一个世界"来的人闯入，再被他那些听来乏味的话题所吸引。然后你一边半冷不热地反应着，一边观察他，像孩童时站在笼子外面观察那些猩猩或长臂人猿。

你知道那个人未必真叫老冯，但你还是向我提起过，他叫老冯。而我也相信眼前那人正是你说的老冯。要命的是他也侃侃地说起了那相似度奇高的，老冯的故事。他是一边喝着小酒一边说的，你知道现在有多冷的天，酒精让他赤色的脸又更红了些。我已经阖上书本戴了耳机在听MP3，但那人视若无睹，依然喝一口酒说几句话。我没指望他能说出更精彩的什么来，都是那些，他似乎已在这列车上向陌生人叙述过无数遍的往事。当兵的时候怎样怎样，娶老婆时怎样怎样，在乡里当主任时怎样怎样，后来又如何如何。就是这些了，几乎如出一辙。我听着开始感到担心，不会吧，难道这人真是你说的老冯。

怎么会呢？他也从大麻袋里掏出一个汽车模型，塞到我怀里要我看仔细，那是他给一岁多的孙子买的礼物。我不敢说被他的热诚打动，更大的可能是我希望能让他安静片刻，于是我老老实实地端详那怎么看都很不怎么样的汽车模型；你可以想象的，做工粗糙、色彩鲜艳得像油漆未干的一组塑料，很大块头。嘿嘿嘿，嘿嘿嘿。他眯着眼在笑，像在炫耀他刚买的法拉利。

这就是了。你也许会有同感。像老冯这种人，不管告诉你什么都有点炫耀的味道。譬如他的那些往事，在队里拉练时怎么了得，到现在他的身体有多么结实，营长把女儿许给他是铁那样的事实。即便说到那些你颇不以为然，甚至以为不太光彩的事，他依然说得眉飞色舞，溅出来的口沫星子都闪闪发亮。

我想我会比你更要困惑一些。毕竟我在这些列车的旅途上频频与类似老冯那样的人相遇。以前会碰上一些年纪更大的，老得掉了牙齿再掉渣；如果姓冯，我会叫他冯老，并且要一直不得已地对他保持着尊敬和景仰神情的那种，老。让我疑惑的是，冯老与老冯竟无显著的差别，一样的大咧咧，无论说起什么都精神奕奕。打日本鬼子时怎样怎样,打国民军时如何如何。而除了自己的往事以外,他们一无所有,便只好把那些人那些事说得巨细靡遗,日期时间人名地点,仿佛在娘胎里已默记好的三国故事。他们说起这哥儿那乡里,连名带姓,就那个某某啊就是他嘛。好像他说的是你也认识的张飞或诸葛亮。

而你想必很快发现,老冯并不认识诸葛亮或张飞。他知道的是演义里的三国,或戏台上伶人们浓妆艳抹说唱的三国。老冯不会知道那是戏言,他不知道自己过去一直活在偏史或野史里,所以才会把自己的人生说得像编造出来那样地精彩。我摘下耳机,饶富兴致地看着这个长得很像老冯的人,看他那一身半新不旧却显然有点过时与脏的粗呢西装。我在想他会不会是那些冯老的儿子呢。仗没打了田没下了,一代一代到这列车上来说书。以前那冯老是怎么说他儿子的呢?大概是半带自嘲半带自夸地,说那小瓜长得有多大多俊一个。

这貌似老冯者也是这样对他遇见的陌生人这么说的。儿子把人家未成年的女孩搞大了肚子;儿子入伍后偷队里钱当逃兵,又因为泡网吧被逮住;儿子书没念成像样的事没干过几桩,酒量却很惊人……这些事从他口里出来,因为脸上的神色喜滋滋,尽管细碎,却似乎都很了不起。

有一段路上，我因为出于好奇或某种迄今尚未完全厘清的同情，确曾托着腮专致地留心听讲。那个像你说的老冯样的人，侃侃说着与老冯的故事十分相似的经历。总结起来，就是我们后来在文学里说的，人生。这可是个沉重的命题，我眼前的人却十足老冯那样，说得举重若轻。我很快厌倦了那种单调的陈述，尽管他努力把许多细节都挖掘出来，掸给我看。可他又能有什么呢？他愈要掸你愈觉得他寒碜，便愈是不忍听不忍看。这算什么故事呢？我朋友在从广州到青岛的列车上已经听过一回了，我或许也曾听过三番五次，听了然后忘记。

我也不否认自己其实有点惧怕像老冯这种人。我就是无法把他正确地嵌入到这个时代里。这个时代，你明白，我说的是我们的时代。怎么就有人在你漫长而寂寞的旅途上告诉你一些湮远而你已耳熟能详的事。他说得那么认真，就怕你忘了他所笃信的历史，怕你不晓得这世上有一种你不可不相信其美好，又不得不质疑其荒谬的真实生活。

我试图把话题导向更接近我的世界的，他的今日。说深圳吧，或武汉，那些他去过打工的地方。这下那个像老冯的人便语塞了。简直就像是被揭穿了他其实不是老冯似的，本来炯炯有神的眼睛顷刻间萎靡下来。他在南方的城市打工已颇有些年月了，但他对那些城市几乎一无所知。这真是奇怪的事，这人有能力把自己说成是历史大机械里的一枚螺丝，却无法说出自己和那些城市的关系。除了老板人不错之类的细碎话以外，那人便只有猛眨眼和猛喝酒，或者若有所思地看着车窗外，就像我之前装着专心看书的样子。

我当时就知道自己犯了错。我不知道你的老冯后来是怎么停止说话的。很可能是说累了，困了，仰起头来打呼噜，一直到你下车时他还没醒来。我这边呢，那人在入睡前有好长一段时间都在独个儿喝闷酒。这样的他让我觉得既尴尬又没趣，于是我再戴上耳机，重新投入到我读了好几个旅途仍读不完的《秦腔》里。有时候我抬眼看看那个我越来越相信他就是老冯的人。果然如你所说的，他扯开一包饼干或拿出一包橘子，豪气地分给身旁的每个人。直到他睡着了我才开始怀疑，关于老冯的事也许不是你对我说的，也许是某部大陆的电影里有过一个叫老冯的人，也许是小说里有。听说贾平凹的下一部小说就写这个。老冯，或类似的。

我在北京车站下车时，那个像老冯的人已经醒来。他抠着眼屎说些道别的客气话，还迭声叮嘱我下次到他那里时记得要去找他。我看他忽然记起些要紧事似的，一边说一边慌张地把两手伸到衣袋里翻找什么，红脸有点泛青。找什么呢你。那人讪讪笑起来，嘿嘿嘿，我怎么又丢了自己的名字。

后记

是的,我问过了。虽然有点迟疑,但终于还是鼓起勇气。我问,你,是不是老冯?

那人怔怔地呆视着我,三秒钟,或者五秒,说不出有多茫然。后来似乎是因为感到了我眼神里有很殷切的鼓励的意思,他嘿嘿嘿点头,好像不真的认同但无所谓自己究竟是冯京抑或是马凉。就那种你和我都始终忘不了的神色,像是在说,嘿老兄,随你怎么说就怎么着。

此时此地

那些夜晚,他仿佛失去自己的真身,仅仅在别人的梦境里当个不需要名字的路人。

因此,何生亮忘不了第一次接听Winnie的电话,她一上来便问他的名字。这让何生亮措手不及,他甚至受宠若惊,而只因为如此,何生亮就认定那女人独一无二。

你看你。

是啊,看你。

女人抬起头来看了一眼。飞快地,就一眼。茶室里所有结伴而来的人都在交头接耳,只有坐在角落头的男人,在停掉的挂钟和一幅褪色的十字绣下,独自叹茶。

男人被取名何生亮,是个换装癖(曾经也是个阳痿病患,一个自恋狂)。反正,是这小城无数不为人知的残疾人之一。名字是女人取的,她对这名字很满意,**何,生,亮**。

你看你，身上的T恤洗得发白，领口变形，两只袖子被洗衣机绞得长短不齐。看你这几年吃撑了鼓胀着三天两头闹便秘的肚子。看，你额上撤退的发线，你的黑眼圈，你晾干在嘴角的唾液和牛奶泡沫；你的萎靡，你的老。

仿佛女人的目光灼人，何生亮注意到了。他反射性地翻起眼球，回瞪。

何生亮从未想过要给这女人取名字。茶室里人很多呢。但他很久以前就留意到了有这么个长得像老姑婆的女人，常常交叠两手，像个特务似的坐在那里打量每一个人。这女人怎么就硬生生把自己给坐老了呢？何生亮有点惋惜，明明是面目姣好的女子，不过是稍微肉感吧，却就那样从水质充盈的婴儿肥坐成了一座瘪掉后套上几个旧轮胎的老沙发。

你看你。反反复复瘦身过后又回弹，已经被肥胖纹淹没的皮肉；看那从夜市场买来的容易脱色和失去弹性的廉价衣裙；看你的目光吞吞吐吐，看你把自己折腾得一脸愁苦。何生亮就那样毫不忌惮，拷问似的瞪着靠另一面墙而坐的女人，并且，终于把她看得低下头去。女人显然有点慌，遂拎起吸管拼命戳她那玻璃杯里剩余的奶茶和冰块。

看，你把自己折磨得神经兮兮。

约好的人说三点三见面。自从午饭过后，何生亮就感觉到时间有点停滞不前。他背后的墙上有一台看来历史悠久，但已静止多年的挂钟，一直就停在三点三。何生亮和女人可都记得这木盒子里的时间也曾经正常运转。钟摆是会左右晃动的，那圆盘上两支雕花的指针像长着长短臂的人猿，会攀着不同的罗马字符变更手势。何生亮记得它那沉沉的钟声，女人甚至记得会有报时鸟从盒子里蹦出来（尽管它现在看来不像有那样的装置）。然而如今两人都说不清楚这钟什么时候停摆，似乎光阴里杂质太多，拖泥带水的。走着走着，便逐渐淤寒在木盒子里了。

何生亮当然没有换装癖，再说他也不是何生亮。但有些事被他看穿了，譬如说，那几乎天天与他在茶室里碰面的，确实是个四十二岁了还没嫁出去的女人。但女人谁会喜欢被称作"老姑婆"呢，你不如给她取名云英吧。这也是个很让人得意的名字。女人要是能选择，想必也会觉得这比她的本名好些，听着没那么平庸。

所以她在电话里，用很重的鼻音说，我是Winnie。

何生亮是那样想象的。那个经常在凌晨三点多拨通撒玛利亚热线的Winnie，就长得像这猛用吸管戳冰块的女人一样。何生亮在自己的小本子里如此记录，"Winnie是个佯装自杀者"。这女人频频在夜间出现，让他这阵子一直幻想着一个患严重失眠症的女人爱上电话里的陌生人的故事。而即使他基于某种莫名的良知与操守，刻意把女主角Winnie想象得模糊些，可每次在茶室里与云英照面，他仍然会被一种超越他所能期待的真实感，深深地震撼。

云英，你不知道自己正在扮演何生亮的Winnie。那女人的声音听来有酒醉的味道，鼻音重，腔调慵懒。何生亮觉得这声音和那含糊不清的咬词暗示着说话的女人有两瓣厚唇，这多么诱惑。只是Winnie不会发现自己的性感，她在电话里哭诉自己人老珠黄，"被男人玩残了"。Winnie说她白天起床看见镜里的自己，便会想也许就是今天了，今天应该死去。

Winnie在电话里说了很多事，却不曾提起过这茶室或每天三点三的下午茶。她说她不如意的婚姻，忤逆的儿子，说她老想象着每天载她上下班的计程车司机终有一日会在车子里向她求爱，并叫她别在夜店干活了，要她以后安分过日子。"可是都三年多了，他从泰国买来的老婆下个月就要生第二胎了。"Winnie说到伤心处便会语无伦次，何生亮听到她在电话另一端打嗝，擤鼻子，咽下自己的眼泪。

这些事情，云英怎么可能知晓呢？她只是一个每天下午从律师楼里蹿出来喝一杯冰奶茶的女书记。她每天都在抵抗炸芋角、咸肉粽和咖喱面的诱惑，却又因为觉得短短半小时不知该如何打发而别无选择地到这里来，继续抵抗她所喜爱的油香,再花一点时间思索那一台挂钟停在三点三的寓意。这茶室和这钟一样古老,云英小时候每逢星期日都会像做礼拜似的,被父母拉扯到这里来吃早餐。彼时何生亮也只是个孩子,夹在两个长得像洋娃娃的姐妹之间,面目总是被母亲修整得黑白分明,过分地干净。

那时候挂钟还在走,钟下的何生亮浓眉大眼,小口小口地吃他的炸鱼丸。

云英看不见,但她知道自己当时长得有多寒碜。一头焦黄的短发疏落稀薄,又被母亲拿裁缝用的大剪刀撕扯得参差不齐。她上小学时骨瘦如柴,每天和她那天生爆炸头,皮肤黝黑身上多毛的表妹结伴上学,总是一起被同学嘲笑与排挤。那时候何生亮是她们的副班长,常常和几个优等生坐在一块儿,似是十分矜贵,偶尔转过脸来横眉众生。云英要在以后成为少女了,她回想起来才感觉到那目光里有一种轻蔑的意思,也才逐渐感到受了伤害。

而这些事,坐在那儿的何生亮又何尝知道?他本来就不是云英所认识的那个何生亮,他从小到大都没当过副班长。事实上,云英多少次悲哀地想到,那些毕业后没再见面的小学同学,大概都不可能把她认出来了。云英在少女时便莫名其妙地发胖,犹如被诅咒似的,从此再没真正地瘦下来。而她的头发也同时暴增,变得十分浓密,几乎像表妹儿时的爆炸头一样壮观。这失控的身体发肤让云英感到胆怯和愧疚。难道只因为她过于祈求，上帝就罚她过度拥有？

问题是，云英以为这惩罚本身有一种恶作剧的意思。它不那么认真，没一点惨烈，毫无痛楚。像把青蛙扔到冷水锅里慢慢煮，让受罚者来不及察觉那是一种煎熬，也没意识到自己正在受苦。

因为这仅仅是恶作剧，云英又觉得上帝一直站在排挤她的孩子那一边。

因此，上帝要比她想象的更残忍些。

正如童年时觉得时间过得很慢，长大后却不得不叹喟光阴如梭一样；儿时觉得很大很好玩，总有无数新鲜事的小城，如今只会让人感到百般无聊，又小得处处碰壁。何生亮和云英一样，才半小时的下午茶时间短促得让他感到穷途末路，无处可去；可每天三十分钟又长得叫人不知该如何消磨。不知始于何时，何生亮发现这半个小时是一种累赘，仿佛无端端地，每天变成了二十四小时又三十分钟，而且这多出来的时间像个不大不小的瘤，长在白昼三四点之间，无法抹杀，如同长在日子的脸面。

他当然也去过别的店，偶尔也会相约三两个还联系着的旧同学。只是大多数时候，大家都在忙别的事，或约见别的人。他别无选择，只好又独自到这老茶室，吃他始终觉得不怎么样的糕点，叹一杯"几十年来城中最好的"咖啡。

后来，何生亮还会在这不受打扰的时光中，忍不住回想昨晚Winnie在电话中的呓语和哭泣。Winnie你喝多了吧，Winnie你失眠吗？Winnie不如你去洗把脸。那女人似乎酒醉却又十分老练，又哭又笑，对着话筒唱起嘘气的歌来。

> Make someone happy
>
> Make just one someone happy
>
> And you will be happy too

于是Winnie在何生亮的臆想中是一个韶华逝去的酒廊歌女，因为年轻时纵情过日子，不事保养，而后自暴自弃，而今或许会比同龄女人更显得老态一些。可她的歌声依然浓腻，如仿冒的香水掺了真茉莉，如咖啡里有鲜奶和威士忌。

何生亮自觉不道德，但抑制不了想象着自己有一天出现在Winnie献唱的歌厅里。Winnie自然不可能知道这就是每天夜里和她谈心的男人，她在那些画面中用患了感冒般的声音在唱爵士，让某人快乐。何生亮说不出来Winnie的容貌身段，只觉得歌者在不断融化的视野中看来意态撩人，像台上的一丛野火。

所以他其实挺抗拒看见云英。这女人太过真实，毫无诗意，叫人不得不承认Winnie这人物的虚妄。而且她每天都坐在那里，一如下午茶时段那样地不容忽视。这多无趣，就像发现网上打得火热的情人居然就是自己家里的老婆。何生亮愈想愈不免对生活感到泄气。云英，你看你。

而云英确实不懂浪漫，也不会唱歌。她这些年跟同事到KTV都很少开腔了，大家几乎忘记了她也曾有过像邓丽君那样甜美的嗓子，那样可怜楚楚地唱"把我的爱情还给我"。表妹以前常笑说那是她的首本名曲，于是多年前在表妹的婚宴上，她被众人推搡着上台唱了一遍。云英那次特别紧张，所以唱得莫名地糟糕。她忽然感觉到自己又被上帝和他的伙伴们愚弄了。唱完以后她特别激动，甚至在婚宴后回家的路上，为这个在计程车里嘤嘤地哭起来。

云英，云英啊。

听，那在黑暗里呼唤她的，永垂不朽的声音。

家里那痴呆症日益严重的老母亲如今只记得住云英的名字。云英觉得这真不合理，母亲连那折磨了她大半生的丈夫都可以从记忆中刮去，却像有几世恩仇似的牢牢认住她一个。云英云英云英云英云英云英。云英多希望家里有个房间可以好好地隔音，让她得以安静地坐在梦里看完自己的一整出梦境。她的那些梦像贮藏间一样凌乱，又像吸血鬼一样见不得光,早上睁开眼便烟消云散。然后她会发现房子外面充斥了清晨的各种声音,但房子里一片死寂,只有母亲紧守不放的两个发音,云英,云英。

这一切跟Winnie毫不相干。她知道自己不真的就是Winnie。撒玛利亚中心里的其他志愿者对何生亮说,他们都曾经在最初值夜班的时期,遇到过喜欢在凌晨三点钟打电话来的女子。尽管他们不需要对方留名,但女子曾自称Vivian,Joan,或者是Sophie。

有一位同事回忆说,他去年遇到的女子名叫云英。

何生亮并非不相信大家的话,可是他明白自己骨子里依然坚信着Winnie就只是Winnie而不是其他。难道别人的Winnie也会在电话里唱歌,也能让某人快乐吗?难道说,他们的Winnie也有两片丰唇和一张失血的脸孔?而这些人,难道也会在听Winnie沉着嗓子述说伤心的故事时,感到小腹发热,并有射精的冲动?

何生亮把这些疑问写在自己的小本子里。他再没有在中心用的记录本里写下Winnie的名字,也没有在每月的小组讨论中提及这案子。Winnie从此纳入他的私生活,不由别人干涉。何生亮对此没感觉太大的不安,他了解自己打从开始就没想过要把这义务工作干得很专业。他不过是厌倦了在无眠的夜里与时间拉锯，也没有能力再打付费电话去听那没有内容的哼哼唧唧。何生亮试过凌晨时分一个人走在突然变空旷了而像荒野那样静寂的小城里。那城在夜里不断扩张，街道在延伸，时间被巨蟒那样的夜色缓缓咽下，又慢慢吐出来。他试过坐在印度食肆看电视里的欧洲球赛，试过遇劫，被巡警盘查；也目睹了人妖蹲在后巷给酒鬼口交，黑社会殴斗，以及听到某扇无明的窗户里传出凄厉的叫喊。诸如此类，因为都与自己无关遂让夜晚变得更黑暗更漫长的，别人的存在。

那些夜晚，他仿佛失去自己的真身，仅仅在别人的梦境里当个不需要名字的路人。

因此，何生亮忘不了第一次接听Winnie的电话，她一上来便问他的名字。这让何生亮措手不及，他甚至受宠若惊，而只因为如此，何生亮就认定那女人独一无二。

难道说，他们的Winnie也这样问过他们的名字？

这种经验和感受，这样的相信及认定，云英都能懂。飞蛾扑火这种事，年轻时被称作傻劲，年长了就会被视为愚蠢。云英懂。如果她是Winnie，她深信自己也免不了三年来苦苦等待计程车司机的示爱。这种苦头她终究是尝过的。因为过于匮乏而过度祈求。这世上谁都可以轻易看出来她濒死者般的干枯与渴求，谁都可以看出来她那无以为继的叹息般的信仰。要不然她不会引火烧身，任由那男人像攀藤似的缠上了她。

除了表妹，云英再没有与任何人说了。这事情过去越久，那含尼古丁的鼻息，腋下的酸臭，汗与精液结合的暧昧气味终于都散去以后，云英就越看真了它的空无。她愈感觉羞耻，就愈想要掩盖；她愈想要忘却，就愈发体察知情者的热衷，于是她也就愈懊恼愈后悔。就像她对着树干上张开的空洞说出秘密以后，才想起那树洞里也许还住着会学人语的生物。

如今那男人还在引诱着别的雌性吧。云英曾经在这茶室里碰上他与另一个女人，看见他把叉子伸到对方的盘子里分享食物。两人的肩膀几乎碰到彼此了，那么靠近，而男人竟那样地神态自若，始终无视于云英，仿佛他们之间什么事情都不曾发生。他们甚至形同陌路，像素未谋面，一如许多年前在那里小口吃着炸鱼丸的副班长，对她视若无睹，把她当作芸芸众生里一个不具名者。

云英怔忡在那里，用吸管猛戳杯中的冰块。三点三，世界怎么骤然失真。她的手机里还保留着那男人以前发来的好些短信，不是吗？卧房的抽屉还锁住他留下的几张A片光碟与进入过好些女人体内的情趣品。云英还记得欢爱中不明所以的忧伤，她淌着泪感受两腿之间传来不可抑制的瘙痒与酥麻。不是吗？她记得音乐海啸似的吞没她的呻吟，却仍然听得见母亲在隔壁房里的呼喊。云英，云英啊。

不是吗？

可那一刻，三点三的光天白日之下，云英感觉自己如冰块般逐渐融化。

那天夜里云英几次起床来翻找男人留下的物事。她坐在床沿反反复复阅读那些手机短信，然后惊讶地发现那里面竟没有"爱"这个字眼。似乎她愈是不死心要多读一遍，那里面似曾有过的甜蜜就会一分一分削减。云英愈读心愈慌，手在抖，浑身发寒，如刚从冷冻库里拿出一套脏腑植入她的身体。

就在两三天以后吧，云英在下班回家的路上，丢失了她那满载着求欢信息的手机。从此云英老觉得那路上全都是知情者。人们站在不同的角度，一样的唐突，有者讥笑有者怜悯，都有意无意地乜斜眼睛瞅着她。一如此刻坐在挂钟下的男人，老去的何生亮。

听说那男人后来借了还不起的高利贷，又被几个女人揭发诈骗，漏夜出逃他方。男人的妻还到过云英工作的律师楼来咨询离婚后财产与债务分配的法律问题。云英负责接待，给那怒气冲冲的女人端过茶水，说了一些客套的或安慰的话。直至女人走后，她将许多文件入档，打上编号，再动手写上当事者姓名时，她才对那样平静、娴熟、无动于衷的自己感到陌生。

自己虽如此陌生，云英却不至于震惊。那一刻云英才确定，这所有事情，包括不是这个也会是别个类似的男人的出现，从开始时的温柔到后来的压榨；包括她自己的蒙昧，沉沦与否定，还有如梦一般见光即灭的关系，其实全都可以预见，而且她也早知道自己已经洞悉。然而，她只是像每一只渴于饮火的飞蛾，无有选择，唯有战战兢兢地相信自己或能侥幸。

而她毕竟逃过毁灭了。感谢主。因着那男人的慈悲。云英数算了几遍，确定自己只替他垫过几个月的电话费，也曾经两次在他到她的住处来时，走到门外替他付了车费。另有一回他在街上伤了脚，云英下班回家接了电话后又冒雨出门，扶他到附近的诊所找医生，后来也替他拿药付了钱。云英后来回想，那天她与男人共乘一车，还把雨伞给了他，自己湿漉漉地回到住所。她在浴室门前站了一阵，裙脚不断有水珠滴落，人像在融化似的，而心中有一朵噗噗跳动的火。

那是她和那男人在公共场所里最靠近的一次了。男人后来没把雨伞还她，也没还药费和车资。云英反倒是暗自欢喜的。那样子他们会越来越难分清你我吧。于是云英让男人点点滴滴地欠着她，如同诱捕，或如她主动拱起腰来迎迓，以为他会不知不觉地陷入她愈挖愈深的付与之中，直至有一天发现自己再也还不清，也再舍不得她无与伦比的宽容和温柔。

云英进入心里的暗室呼喊自己。

云英啊，云英。全身湿透后站在那里，为自己的顺从与委屈感动得浑身颤抖。

她却肯定自己从未给防止自杀会打过电话。即便她也曾慨叹自己的存在不过是可有可无的事，于那男人屡屡挂断她的电话并终于把话说白以后，也曾觉得生不如死；又在无聊时觉察此生再活下去不外如是，而且也确实在巴士站或别的什么地方看见过那一长串热线电话号码，但云英觉得以死了结是一件多么勇敢的事，而她如斯怯懦如斯虚弱如斯心有不甘。有时候，虽梦境熄灭了，但她醒来时仍咬牙切齿，似乎梦里尚在声嘶力竭地抗辩，为一个她自己看不清楚亦无法描述的黑洞。上帝在人间欠下她的，不该在人间偿还吗？

上帝自然是没有搭理的。云英想，上帝像那男人一样看穿她的退让是为了获取。这手法太过拙劣。他们都看穿了她薄弱的意志，还有，如叹息般从空中飘坠的信仰。

男人逃离小城以后，有一段日子云英还真庆幸过，为自己不曾认真地损失了什么。然而这多少出于幸灾乐祸的欣慰并没有维持多久。断断续续地，云英从圈子里的传闻中听说了男人和其他女人的故事。内容多么污秽淫邪，牵涉的金额也远远超出她的设想。云英抑制不了想象男人与那些女人的苟合，想他也舔别人的耳垂与阴唇，也要那些女人穿着艳红的丝袜与高跟鞋，在她们各自的客厅里搔首弄姿；想他的语言如微温的糖浆徐徐灌入女人的耳蜗，想那些不知所措的女人，一一投降，柔顺而笨拙地趴下。

她先是同情这些女人，然后才逐日有所悟，渐渐同情起自己来。

却也不是只有男人才会那样狡猾和无情。何生亮最明白了，蛇是女人的上帝。他生命中遇到过最狠的几个角色都是女性。全都是。他那把丈夫整治得后半生抬不起头来的母亲，那尖刻精明，永远占上风的老板娘；他那善于撒谎，离婚后转眼给别人生了孩子的前妻；或许还有那诡异妖冶，嗜好撩拨男人，让他们动情后旋即退场的Winnie。

何生亮数月来在编织的关于失眠症女病患在电话里爱上陌生人的故事，显然还没得及结束，那灵感的来源便兀地中断。过去两周何生亮值了七个夜班，都没接到Winnie的来电。尽管凌晨时分总不乏失眠和想自杀的人，也总有异癖者打来号召自愿者一起在电话两头各自手淫。尽管夜里听到的故事远比日间目睹耳闻的离奇和精彩，但何生亮却因为等不到Winnie的电话而对这些感到厌烦。奇怪，他觉得自己被Winnie一再地放鸽子，而对方的"失约"使他十分毛躁，仿佛本来已被他用故事与旖想填满的黑夜，突然又塌陷，出现的窟窿比以前更大更深。值班室看来比过去简陋而空旷，吊扇飕飕地转，通过微启的窗口引进了各种细碎的暗夜的声响。

Winnie也许就那样毫无预警地不辞而别了。何生亮每天翻遍报纸寻找妇人自杀的新闻，也细细查阅了这两周的电话记录。他甚至怀疑有哪位同事在偶然接到Winnie的电话，听过她歌声里的性感和哀愁以后，也像他那样，偷偷把这女人占为己有。当然也有可能是Winnie已厌弃了他。他那样拙于辞令，不善于安抚，或许还比不上一个不识情趣的计程车司机。何生亮愈想愈觉得这样胡思乱想十分可笑，却仍不免日日夜夜在揣测，且时时刻刻感到挫伤。

黑夜毕竟又回到黑夜之中。何生亮枯坐在那里想，时间本来就是个无底深渊吧，他还没掉落到底人便老去。而那渊谷无光，每一个人都只能因为坠落而感受到自身的存在。至于Winnie，可能是两人在黑暗中一下短暂的碰触，像指头触觉到了别人柔软的身体，感觉到体温，便知道身边有人，便自欺地以为那肌肤之亲暗示着某种命定。

何生亮知道事情会如此，实在是因为自己不够专业。他流于轻浮了，他在试探。他说有一天我去看你，听你唱歌吧。可Winnie闻言不过是一阵浪笑而已。无可无不可。何生亮记得那一晚的通话以歌声结束，Winnie懒洋洋地说她要去睡觉了。她说晚安，也还像往常一样弄出亲吻的声音。

> Make someone happy
> One smile that cheers you
> One face that lights when it nears you
> One man you're everything to

多给点时间吧。再多一点时间，何生亮自会找到别的法子，让黑夜那一再绽开的裂口愈合。

于是何生亮频繁地上厕所，泡茶，阅读不同年代的撒玛利亚自愿者手册，也打开铁柜乱翻旧档案。去年的档案里有云英的名字，何生亮因为觉得这名字太像真有其人了，便多看了一眼。云英，曾经在一周内七次来电，都在凌晨三点至四点之间。当时的同事草草记录着"被有妇之夫抛弃的中年女人"，"自卑者"，"单身，被母亲精神折磨"，"自杀指数：4"（何生亮知道最高分为10），"同上"，"同上"，"同上"。

何生亮当然没想到云英就是他多年来经常在这茶室里见到的，眼前的这个女人。这城白天里实在太小了，这茶室又这么古老，城里一代一代的人无处可去，无非像坐在游乐场的旋转咖啡杯里，于一个圆篷底下兜圈子。要不是因为Winnie启动了他对他人世界的好奇心及想象力，何生亮大概不会留意起像云英那样的，这城中无数不需要有名字的人之一。其实除了云英以外，他也在身边几个常碰面却不太熟稔的女人身上看到过某部分的Winnie。譬如说公司里的一个老会计，以及待会儿就要见面的，老是说要替他安排相亲的美容院老板娘。但他何曾见过Winnie呢？现在何生亮念及这名字便不由得心虚，并开始怀疑——会不会呢？那也许是他梦游时虚拟的人物之一。

但Winnie确实存在，她才刚摸到律师楼去见过云英了。云英不知晓那女子曾经自称Winnie，她只觉得那女子长得太瘦小了，胸腹凹陷，颅骨有点太大，身体却像躺在路上被压路车碾过似的单薄。女子有先天性的哮喘病，说话总在嘘气，又断断续续的，怎么看怎么病态。

可那女子菜黄的巴掌脸上有一双明显过大的眼睛，滴溜溜，诡异得像一只老猴子。云英借着端茶水和递送文件，听这女子有气无力地交代她几天前怎样被警察抓了现行——除了刚到手的以外，警方也在她的包包里搜获另外两部不属于她的手机。律师问她要怎么销赃时，云英留意到那女子突然低下头掩饰她的得意。她确实看见了，那女子抿着嘴抑制她的笑，很费劲。她静默了好久才抬起头来，目光如同冰锥，似乎穿透了眼前的一切。

她说，她只是很想看看手机里的短信。

为什么呢？

她说她很想知道别人的故事。

由于女子说话阴声细气，又有点咬字不清，云英不确定自己是否听得真切。但女子的回答让整栋楼突然变得十分静默。律师不期然捂着口鼻，把问话的声音压低，云英自觉蹑手蹑脚地走出去，并慎重地带上门，又不放心地再使点力拉了一下门把。她怎么那样忐忑，仿佛那小办公室里有着不可告人的秘密。

女子走的时候没跟任何人打招呼。云英只依稀听到她喃喃自语，说要走了，哥哥在楼下等着。云英走到窗边站了五分钟，像个特务似的监视着楼下的街道。Winnie却像没走下楼就被幽浮召去似的，一直没出现。云英也无从在街上的行人中辨认出谁是那大头女子的哥哥。她私疑着"哥哥"并不存在，或者该说，他可能是这小城中无数"主观存在"的人口之一。

"主观存在的人"是表妹要套云英说她跟那男人的事时,以退为进,却颇具挑衅意味的一种说法。云英以为这不像美容院里的语言,它毋宁说是表妹那硕士丈夫所传授的词汇。由是云英相信表妹已经拿她的秘密和耻辱与丈夫分享过了,再换回来这一组词语。而当时,那男人必定在对着镜子小心翼翼地梳弄他那日薄西山的头发,冷眉冷眼地笑。云英太熟悉那张骄矜的脸和不屑的表情了。童年时她坐在这里挥手喊他,嘿副班长,到以后她在台上唱"把我的爱情还给我",这男人脸上便一直挂着这种介于笑与不笑之间的,让云英恨不得自己即刻蒸发的神情。

云英还记得,有一晚在回家的路上,自己曾经为这个,忍不住在计程车里哭了起来。

茶室里的老钟沉默很久了,但钟盒子外面的时间仍然嘀嘀嗒嗒。今晚,如果何生亮仍然到撒玛利亚值班,他会接到一个疑似Winnie的女子打来的电话。那声音何生亮怎么可能忘得了,但对方说他搞错了。这位先生,我是**安娜**。

凌晨三点打到撒玛利亚的电话有无限的可能性。安娜会说她刚刚杀死了自己的情夫,让那男人以死偿还从她身上骗取的感情和所有积蓄。安娜说那半裸的尸体正横陈在她的脚下。血从几个刀捅的窟窿里涌出,把他们俩都染红了,而且血的味道像煤气泄漏似的，很快注满了房子。

何生亮不知该如何回话。并非因为他觉得电话的内容过于荒诞，而是因为那是他加入撒玛利亚以来，接到过的一个最平静的电话。

安娜没有提到自杀，她只是想要讨教处理尸体的方法。

但此刻的何生亮尚未确认今晚是否要再答应替班。过去两周的等待十分煎熬，多少已让他气馁。再说，上帝已开始把微烫的阳光倾倒进来了，外面的时间或许已三点三了吧。很可能是下一分钟的事，那约了他见面的美容院老板娘终会出现。那女人将会从大门跨入，身影背光。何生亮马上就认出来了，来人身影纤细，卷发蓬松，头发上铺满了细细碎碎的午后阳光。

女人会朝坐这一边的何生亮挥一挥手，又转过头对另一边的云英打眼色。嘿，就是他了。"让我来介绍！"

生活的全盘方式

你总是在看望后镜,总觉得那里有一双注视你的眼睛,一双栖息的蛾。你凝视它们便也看见了浮世流光。也看见城市把悲伤的脸凑到窗玻璃上,让雨水冲洗它的彩妆。

你在等海水吗海水和沙子
你知道最后碎了的不是海水

你不会忘记了。

很安静,很年轻,很纤细,很干净。清冷得玉一样的于小榆。你不可能忘记这个人了。她那么狠,一个女生。即使让她把两手都浸泡在鲜血里,或者拿快要变成紫褐色的血浆涂污她的脸和胸襟,她看来仍会像往日那样地整洁与无辜。她会让你想起顾城。后来你总是想起顾城了。你想起顾城的时候也会想起她了,于小榆。你,好狠。

她们说冷／冷是什么样子／我不知道

你知道冷。冷的样子是于小榆微微扯动嘴角,在暗影中笑或不笑的样子。冷是给她的四分之三侧脸做大特写。她的眼睛,说,不要穿过水面。

穿过水面,阳光会折断。

你就打了个寒战。那时候阳光在窗外烧得很旺盛,树叶都噼噼啪啪在冒烟,有人弹掉一截烟蒂,平摊在公路上的猫尸"逢"一声冒火。但你想起刚才的情景,斜角照进来的阳光穿入她的眼珠,便折断了。于小榆说完她要说的便什么也不说。她稍微歪着头像在聆听,你和她之间酝酿的静默,还有身边那女警擤鼻子时粗笨的声音。

为什么是你呢?你多想问于小榆。但你知道那样问了会显出你的不安与庸俗,于小榆会看不起你。就像你之前提起司法精神病鉴定时,她垂下眼帘冷冷笑了。眼观鼻,鼻观心。仿佛胸前挂着镜子,她在与镜里的自己会心微笑。看吧,他们这些人。

于是你沉着气等她开口。既然她把你找来了,必然知道自己要的是什么。这女孩，才二十出头，当别的女生都在为流行曲死去活来的时候，她歪着头，目光穿入一个不存在的空间，于静寂中听她一个人的独奏曲。也可能是诗。你借这机会端详。她平静的面容，那么利落的手。仅仅一刀，深深切断了那人的喉咙。

在那拘留所里，于小榆第一次在你心里唤起那死去的诗人。你有个冲动想问，读过顾城吗。因你突然想起同事们以前告诉过你的，你不在的时候，那个于小榆常常会到你的办公室，在书柜前面站很久。

她站在那里看什么呢？书都安分地停泊在柜子里，灰尘也都静静地日积月累，悄悄掩盖阳光漫入过的痕迹。你无法知悉于小榆的目光曾经停留在哪些书本上，但你隐隐记得柜子里有一部《顾城全集》。或许你该念一首诗，于小榆请注意。但顾城，你当时能记起来的唯有**黑夜给了我黑色的眼睛**。感其陈俗，你也就放弃了。

人们曾经抱怨她太过安静。她？那个新来的助理。你听了曾转过脸一瞥，于小榆下班离去后空着的座位。桌面上的物件多而十分整齐，椅子推放好了，椅背上披着她对折好的灰蓝色毛衣。那时你想到的不是她的安静而是自律。这孩子，难怪在同期聘来的一批实习生中，她的考试成绩特别优越。

现在你才可以感受到，人们说的安静，坚硬而冰冷，如铜墙铁壁。人们觉得如此怪异，仿佛看见于小榆拿来一副手铐当镯子。不难受吗？不冷吗？你却连大伙儿的不适也不曾留心。冷是什么样子，你不知道。倒是在接见于小榆的父母时，你看见那垂下头来不断拭泪的妇人左手戴着一枚戒指，象牙雕花，白骨那样清冷。才记起那女孩的手腕上也曾经戴着同一系列的镯子，现在果然变成了手铐。于小榆也没表现得有多不自在。谁也锁不住她了，她听自己的音乐，她甚至坐在那里轻微地晃动腰肢。拦不住。她已经穿过水面。

"于小榆，你知道我不接刑事案。"你说，"我不擅长。"

"嗯。"

她知道。她辞职时，已经在律师行待了十几个月。前面九个月实习期满，她顺利拿了执业证书，但不知怎么她坚持要"多学习"，于是辗转被调到你的部门，当起公共助理。她的办公桌就在你们几个人的办公室外头，对着入口，接待处似的，挡风拦雨。那公共助理实际上是份工作量奇大的杂差，要应对的内外人事也多。她似乎没个可以依赖的前辈，或可以交流的同侪。奇的是，大半年过去，于小榆一声不响，手上铐着看来有点笨重的象牙手镯，把所有事情都做了，竟无人听过她的怨言看过她的嗔色。后来她走了也就走了，倒是如果还有人提起，仍然会摇着头说啊那女孩，太安静。

却无人说过，**我喜欢你是寂静的。**

如今你明白。让人们感到不自在的，所谓"静"，其实是于小榆的倔强与坚硬。即便带刺吧，她不长成玫瑰而长成荆棘。她的静如此叛逆，强悍，无懈可击。于小榆，你深沉至此，超出我的想象。像一口井，幽深得让人看不见自己的倒影。你是寂静的，仿佛你已消失。

"你也知道，这罪名成立，只有一种判决。"

于小榆不应声，仅仅眨了一下眼睛。你觉得有什么东西阻隔了你们，她在你无法进入的空间，就像在镜子里面。她用你看不见的眼睛在凝视你，那么远，那么逼近。

她当然知道。她没有逃。如所有的案卷材料所述，当其他目击者还在尖叫的时候，于小榆往后退了一步，深深吸进几口气，便举起手机打了警方接到的第一个报警电话。直至警察赶去把她带走，她不曾失控，没有流泪，对已经发生的一切都供认不讳。血犹在剃刀上滴落，空气里还弥漫着死亡那潮湿的气味，倒在血泊中的人睁大着眼睛，仍未相信自己已经死去，她却那样干脆。

死者比于小榆小两岁，年少轻狂。那还是个躁动的周末下午呢，他的电脑游戏才打了一半，再过两个小时他就可以下班了,但死亡从一个不可能的角度突如其来,他几乎来不及痛苦。也许他连于小榆都没来得及看清楚,像你一样,只依稀记得那是一个看似瘦弱却特别争强的女孩,没了面目,只有手腕上晃动着象牙镯子,苍白的骨质,隐约闪着磷火。

她说:"我很清醒。我就是要他死。可怜地死。不值地死。"她做到了。一言不发,让"他"无助而莫名其妙地死去。她是于小榆,才二十三岁呢。她说这些话的时候,好大一瓢浮光从女警身后的小窗洞倾入。你终于看真切了,睫影之下,她清澈的眼睛。

不要穿过水面。

他们在电话里说,正在赶来的路上。路很长。太阳早已落山。城市的轮廓被暗影与尘烟掩盖了细节,变成一堆积木。**世界像是一幅巨大的剪影**。那一对老夫妇风尘仆仆,抵达你的办事处后,左手无名指上戴着象牙戒指的妇人,先到盥洗室整理自己。出来时,她把头发梳整齐了,苍苍的灰黑,纹若流云。老先生随后也去洗脸,用折得很好的素色手帕拭去脸上的水珠。后来妇人说到落泪处,也从皮包里掏出她的手绢,淡绿,雅而清冷,轻轻在眼角上印去泪水。

那泪却涟涟。两老似有默契,哭得自律而安静;一个禁不住饮泣,另一个便接下去说。于是你知道了事情发生两个月以后,一直在拘留所中拒见任何律师的于小榆突然想起你。你。她要求见你。今早检察官才联系两位老人家,他们中午便开车赶这几百里路。

两人皆为退休教员,都有一种素食者的气质,说话声音很轻,皮肤特别白皙,似乎连额上的皱纹都曾仔细梳理。你上午接那通电话时,本来已不太记得起来于小榆其人,直至看见他们,还有那一枚象牙戒指,这同个系列的一家人,你毫不费劲地想起那女孩了。那脸上挂不住五官的孩子。半年前她才辞职离去。你不期然瞥一眼她曾经用过的办公桌。某一天那披挂在椅背上的灰蓝色毛衣消失了。上头从别的部门调了个老经验的助理过来,后来再由两个实习生取代。却原来只过了半年吗。

老人家说,于小榆没跟家里说清楚辞职的原因,只在电话里打了声招呼,没过几天便拎着两个行李箱回到老家。两人知道这孩子的脾性,也因为她从小就很少让家里操心,所以便没追问。他们说起这个的时候,你一直感觉到某种探询的意思,似乎期待你告诉他们更多于小榆的事。不然,为什么于小榆只愿意见你,而不是别人。

待要说的都说完以后,已经是深夜了。你替两人就近找了一家小旅馆,陪他们下楼。本来还迟疑着是否该带他们去吃点什么,但两人心照不宣似的,还没到旅馆门口便用接连的鞠躬把你送走。你感觉到的,街灯光罩下恰如其分的生疏,人与人之间周到的距离。让人感到安心的礼貌。他们做得一丝不苟。

你回到十七楼的住处,男人已经睡着,狗则醒来了,你在泡澡时它便趴在浴室门外。你闭上眼睛任水声荡入梦里。**梦里你把手伸到凉空气里／吸收睡眠／你很疲倦**。无数泡沫在梦中破灭。你在那看似无垠的白色梦境里走向四面八方,一不留神就被卡在梦与现实的间隙里了。左脑倒是一直在岸上,告密似的说,别怕,只是个梦魇。等你挣扎着醒过来时,浴缸里的水已经凉透,身体变得僵硬,皮肤被泡软,像要与肌肉分离。狗在外面用爪子刨着门板,并发出一种压抑的,似乎怕会惊动邻居的呜咽。

这短暂的睡眠让人疲劳,仿佛睡梦中你荡着船想要到世界的对岸,却中途迷失,又丢了桨,只有划动双臂奋力折返。你带着"几乎回不来了"的余悸,用僵直的脖子撑着一颗肿胀的脑袋,先在男人腾出来的半床被窝里整理出自己的形状,然后爬上床。你仍然感到冷,遂往男人靠近些,鼻息烘上他的肩膀。一些诗句像一排湿淋淋的蚂蚁列队爬行,经过你的大脑。**在透湿透湿的世界上,有一只透湿的小鸟。它再不能回窝了,由于伟大的自豪。**

男人翻过身来,你顺势迎去,让他抱你。男人从梦的温床里传来发芽般的声音。下雨了是不是,外面下雨了。你微笑着摇头,然后要从小小的窗口爬入梦中。男人却把你拉回来,在你耳畔嘟嘟哝哝地不知说了些什么。你迷迷糊糊听到自己说,临时有个案子,头痛。男人亲吻你的眉心和嘴角,有点干燥的手像蜕皮中的蛇在你的身体上游移。你意识到他要从小小的生命的瓶口钻进来,你就在梦中笑了。你说,窗帘没拉上。

月亮很圆,是这城里最高的一盏街灯。

其实没有人知晓于小榆为什么辞职。那孩子。用沉默来承载生活给她的所有考验。她很安静,而且不断加深那安静以调整她看世界的焦距。她把世界放大了,但世界在另一边却逐渐看不清她。然后她会消失,变成浮动的谜。就像她早已找到了离开这世界的出口,只等有一天她有足够的勇气,一脚踹开那扇生锈的门。

门外是一面镜子。是不是?镜子里面在下雨了。

在去拘留所之前,你把所有的案卷材料都看了一遍。它们不厌其烦地复述那个发生在周末下午的事件。所有证物与证词互相吻合,没有丝毫矛盾与破绽。你几乎可以看见于小榆推着她的脚踏车出门,她的水蓝色工作服就晾在外面的铁架上,铁架左边开满了半透明的九重葛。阳光穿透一切,人影十分淡薄。

于小榆穿着T恤，七分裤，帆布鞋，加一件运动型的橘黄色外套。外套两侧的衣袋里装着十元纸币，一小张纸条和她的手机。纸条上写着生命的密码，那是他们一家人的生日月份和日期，三组，六个号。因为要买的是超级积宝，于小榆的父亲说还欠一个号就机选吧，买五注。于是于小榆用红色马克笔在那六个号码后面添了"+X"。

你忽然想看看于小榆的字迹。办事处里有许多案卷还留有她用马克笔写的字。那都是英文字母和阿拉伯数字，工整，娟秀，平静的杀人者。你从来没见过她生气的样子，没见过她红色的字体；甚至无人可以想象，盛怒中的荆棘。于小榆自己也不曾想过，她骑着脚踏车往南走，沿着回忆的反方向，先到镇上唯一的小书店逛逛，再到菜市场附近找那个磨刀的流动小摊，替父亲拿回他的老剃刀，然后去大街上的多多博彩投注站，竟然就碰上那一扇画在地图背面的大门。

踹开它！踹开它！

到达世界的彼岸。

说来真像电影情节，荒诞，黑色幽默而天衣无缝。于小榆的父亲说，那天是他的生日。他说得就像在怪罪自己似的，因为他习惯了在各个特殊的日子买几张彩票，用他们家的生命密码去碰碰运气。"但我以前不会在生日那天想到要磨剃刀。"他想说鬼使神差吧,想找出这里头某个不寻常,不该出现,但至关重要的环节,却终于无语凝噎。这退休校长一直垂下头,两掌紧扣,像个忏悔的老人在抵御他晚年的惶惑。

我多想把你高高举起／永远脱离不平的地面／永远高于黄昏,永远高于黑暗／永远生活在美丽的白天

案卷材料十分充足。穿橘黄色运动外套的于小榆看来如此明亮。她骑着脚踏车慢慢行驶。不急,不急。那天她值下午班。五点钟前她会洗过澡,漱了口,穿着齐整的制服抵达商场那一边的肯德基快餐店。镇上的时光行驶得安定而平稳,像个温度适中的熨斗贴着生活滑行。不知不觉。她在那里上班快三个月了,不久前才刚调升店长助理,领到两套她喜欢的水蓝色制服。

你看到于小榆在那些画面中微醺似的脸。那秀气而有些单薄的齐耳短发在风中轻颤,钉在耳垂上的玻璃珠在中午的曝光下闪着菱形光芒。你几乎以为自己听到了画面里的声音。脚踏车的链子很久没加润滑油了,它转动时发出一种像响尾蛇的声音。街上有人在叫卖什么。巷口有一只狗朝路人吠了两下。嬉闹中的孩童结伴闯过马路。丁零零丁零零。于小榆摆了摆车把灵巧地闪避过去，又马上回过头，朝来时的方向笑了一下。

画面中央绽开一朵浅浅的涟漪。

你觉得画面很真实，除却里面的女孩长得并不真像于小榆。但那并不重要。即使所有人都说不出来于小榆离职的原因，也想不明白她放弃当律师，舍弃大好前途的道理，你以为那已经不重要了。于小榆如一颗叶尖悬垂的露珠自愿坠入湖里。她低下头处理沉默而整齐的冷冻鸡，用折好的纸杯丈量炸薯条和汽水。每天，听收银机一次一次响亮地吞吐。用简易的公式结算日子。

"他们说，我有病。"于小榆如此开场。病。她轻描淡写，"病"像一条蠕动的蚯蚓，被钓翁轻轻垂入水中。

那是因为见你坐下良久而无语，于小榆像个熟人似的先说起话来。连称呼也没有，几乎让你以为你们过去就这般谈话，像她是你的老朋友而不是当事人。你顺势说那就接受鉴定吧。于是于小榆看了你一眼。你躲闪不及，那淡褐色，如玻璃珠般透明的眼睛。

"你是说，精神病鉴定？"她垂下眼帘，眼观鼻，鼻观心，从鼻腔轻轻喷出一朵冷笑。

看吧，他们这些人。

就这样你们便陷进各自的沉默中了。于小榆**把世界推**

开,慢慢后退,再掩上那一扇镜子似的门,此岸与彼岸之间的出入口。她在微微晃动身体。她那里有歌吗?抑或是诗?站在你们中间的女警先是擤鼻子,然后忍不住打哈欠。于是你记起律师该做的。你挺直腰板,深呼吸,把斗室中所有的光明全吸进去又吐出来。你说,你不擅长这个。

"这罪名成立,只有一种判决。"

于小榆眨了眨眼睛。只眨了眨眼睛便切除了生命。**死亡是一个小小的手术,甚至不留伤口**。以她的法学知识和在律师行工作的经验,你说的这些都太浅显。你知道她要的不是这些,甚至不是法律,否则她不必等到今天,等到你。

你翻了翻面前的案卷材料。现场照片。再翻。勘验笔录。再翻。受害人死亡证明。再翻……终于,你在犯案人供述笔录里找到了最无关紧要的事。于小榆说她从家里出门,第一站先到书店。那是在血案发生之前,阳光慷慨,于小榆骑脚踏车缓缓穿行在有点脏乱的小镇道路上。她的小腿纤细,橘黄色外套背后有发亮的白色号码。你的视线追随那背影,如熨斗似的贴着日子光滑的表面。日光如斯挥霍,太阳正直,路很烫,小镇拿自己的影子垫脚。书店在大街另一端,你们愈行愈远。

"是一家怎样的书店呢?"正因为它与案子本身无关,又与案发现场太过疏远,你觉得在这堆环环相扣的材料里,这书店是唯一的"其他的事"。它完全没有必要被记录下来，但于小榆毕竟对警方说了。

冷不防你有此一问，于小榆就笑了。且如昙花，即生即灭。那笑让这女孩看来洁净而无辜。谁想到她会那么狠。为了一个被曲解的红色"X"符号。至于吗，那么冷。于小榆恐怕也没见过那样的自己。她走进那狭长的老店铺，里面卖的多是漫画、杂志、儿童读物和翻版畅销书，再加一些文具和影音光碟。于小榆比较感兴趣的是角落头一个小书架上放着的二手书。她偶尔会在那书架上找到一些好东西。譬如文豪们的诗集，还有"看来很像陪葬品的线装书"。

那天于小榆找到的是一部旧电影，正版碟。她没告诉你那是什么电影，只说是以前看过的一部日本片。"挺喜欢的，觉得应该收藏。"她因为身上没带够钱，便让书店老板替她保管住那碟子，说好过几天再回去拿。于小榆也像其他女孩一样，喜欢把手掌塞进外套两侧的袋子里。那是一副清白的姿态。书店老板对她很熟悉了，她有别的女孩没有的干净气质，有一只象牙镯子。

"小地方，"于小榆说，"书店就那样了。"

你完全可以想象。那些陈设，那些书，那种老店。每一本书里都有雨的味道。但那不重要。你们都明白。书店总是离现场太远。

杀人是一朵荷花／杀了就拿在手上／手是不能换的

　　醒来时男人已经离去。你觉得他吻过你了。狗在。它趴在床脚，像造案后的凶手在清理指爪。像它刚把男人吃掉。手是不能换的。**一个人不能避免他的命运，你是清楚的。**

　　窗帘始终没拉上。城市把长长的侧影投给你。你的手，在阳光下遮住眼睛。你手投下的影子，在冥冥中微笑。

　　你才记得诗人说，**我失去了一只臂膀，就睁开了一只眼睛。**

　　但于小榆念的不是这首诗。昨日你离去之时，她在你转身以后，幽幽地念了一些诗句。声音很碎。你屏住呼吸在听。背上的寒毛全竖起来。太阳在外头噼噼啪啪地纵火，柏油路在腾烟，一截未熄的烟蒂足以让烘干的猫尸燃烧。那么热的天，你却觉得世界成了冰窖，心里凝结了一柱不能溶解的冷。

　　你离开拘留所。七月的阳光在身后呼唤你，用发烫的巨掌在你的背上打手印。你没理。阳光从背后揽腰抱你，把你整个嵌入怀中。没用。它对你的左耳热乎乎地说，只是梦。你知道它在撒谎，因为你始终没有醒来。直至回到办公室以后，你仍然坐在城市深沉的斜影中发愣。

　　那首诗，你知道它在哪里。那是首十四行诗。于小榆放大了一首诗的局部。你只是不明白为什么这些诗句被于小榆念出来以后，会突然变得陌生。你发现你从未读懂过那些诗句。于小榆拉开了一首诗与你的距离，仿佛她把那诗从你这里拐走了。

离开办事处以前，你和几个打刑案的同侪一起研究这案子。大家都不乐观，因此谈兴不高，也实在谈不出头绪来。日头渐渐沉没，城市的背影是好大的一张黑色斗篷。你开车回去，带着狗到楼下的小公园蹓了一圈，回去洗过澡吃过晚餐再看了一阵电视。男人还没回来。你躺在沙发上看书，没发现下起小雨来了。你又迷迷糊糊地找到了梦的小小的入口，听到里面有雨声。于是你阖上书本，看见十七楼窗外的月亮薄如宣纸，有点湿。

你以为你会梦见于小榆。她不在。外面的座位空着，椅背上披着灰蓝色毛衣。有人动过你柜子里的书了，那一部《顾城全集》被放到最高处，你踮起脚仍碰不到它。梦中你就用尽各种办法想要把那书拿下来。你搬来椅子垫脚，从哪里找来竹竿去撩它；你甩掉高跟鞋，赤足攀上书柜，但那书总在手指可勉强触及却无法拿下来的地方。这梦让人焦虑，你跑去敲每一个人的门，要他们过来帮忙。人们看来很有兴致，却不加理会。你终于还是空落落地一个人回到办公室，竟十分恼怒，然后无奈地醒来。

我们早被世界借走了，它不会放回原处

男人回来过的，又起早走了。你翻身躺在男人留下的形状里，看狗在床脚舔它的指爪。你想起你的梦，仿佛领略了于小榆的愤恨。一个"X"符号被正确理解，与一本书架上的诗集被人拿下来，都是合乎常理的事。然而你睁开眼睛便从不合理的梦境走出来了，那女孩却丢在梦里找不着出路。

卖彩票的男生比于小榆还年轻。不明白，**我们不去读世界，世界也在读我们**。却并非每个人都有梦可供参照。况且他在打游戏，巷战正酣，一整个上午的心血。但于小榆记得自己对他说清楚了，说时还以右手食指点着那红色马克笔画的"+X"符号。

"最后这个号机选，五注。"于小榆递上她的十元钞票。

彩票打了出来，男孩把票子，找回的五元钱和于小榆给的纸条都交到她手上，也没看一眼便又潜回浴血巷战之中。那票上却只打了一注，五倍。于小榆蹙了蹙眉，对那男孩说票打错了，要求更改。男孩头也不抬，说是于小榆打票前没说明白，而票打了也就再无反顾，不能退不能改。

男孩的态度令于小榆很不服气，她小声反驳，却一步也不后退。男孩见她犟，也就来劲了，目光与指尖依然没离

开屏幕上的战场,说话的声音却愈渐昂扬。而因为他坚持说纸条上的红色"X"是个乘号,指的是倍增,于小榆忽然感到生气了。她占住窗口,青着脸解释那"X"是个未知的代数,是机选数字的意思。男孩一个劲摇头,始终目不斜视,只是一脸不屑地对屏幕上的巷敌痛下杀手。于小榆感到手心发寒,语音开始发抖。她把纸条摊开,指着上面的红色符号说起X+Y=Z的理论来。这不像于小榆的声音,嗓子有点尖,她自己也感觉不妥。但男孩反而得意,毫不掩饰地用半张脸笑。一掌冰一拳火,痛击拦路者。

后面来了些买彩票的人,还有一些路过者循声而至。人们眉开眼笑地看于小榆激越地讲解数学公式,概率与"X"的定义。见那卖彩票的男孩不搭理,于小榆转身对围观的人群重述事件和"X"的原理,但她越是煞有介事人们越觉得荒谬。大周末。五元的彩票。人群中有人失笑,也有人按捺住笑意劝于小榆罢休。

那些不及痛痒的好意,竟比嘲弄还让人难堪

于小榆走不出去。几乎像梦。看似空茫,但她处处碰壁。她茫然环顾四周,有点怀疑眼前的世界。是这个镇吗。那些人里有平日熟见的脸,有带小孩到肯德基里买过快乐餐的老翁，有刚才替父亲拿剃刀时瞥见过的妇人，有住得离她家不远却没多少交情的一个老邻居。她不明白事情何以有那么难说清楚。这些人，像课堂上听不明白老师授课，也不想明白，只一味在笑的小学童。而就像你无论如何要把《顾城全集》拿下来一样，于小榆忽然静默了。她用力咽下一口唾液，像豁出去似的，掏出手机来报了警。

警察来过的，又匆匆走了。也没想问清楚，只登记了两人的姓名电话。人们在胸前交叠两手。人们在摇头。人们用半张脸在笑，另外半张脸在交头接耳。世界在徐徐旋转。阳光偷偷地调度小镇上每一幢建筑物的所在。于小榆掉落到旋涡状的情境里。因为她始终占住那窗口不愿让步，人们遂改到另一个窗口排队投注。没有人站到于小榆那一边了，连卖彩票的男孩也换了位置。只有于小榆一个人感觉到。旋转。她被偷换了位置。世界听不懂她的语言。

人们觉得于小榆正逐渐平静下来。起码，她说话的语气没那么激动了。她打了一通电话到消费人协会。人们听到她用一种礼貌、冷静、办差似的语言在说话，但显然被对方用相似的语言回绝。于是这女孩平静地向对方要了博彩公司总部的投诉电话，又把电话打到那里。她等了很久，耐性地应对电话录音的诸般指示。一号键。四号键。#号键。这次对方似乎友善地建议她向当地的彩票中心投诉，并且不等于小榆开口,便直接给了她两串电话号码。

于小榆把两串电话号码来回试了两遍。预设的电话录音总是把她领到无人之境。那里空空洞洞,只有破烂的音乐循环无尽。她僵持了一阵,直至耳朵被音乐轰得发热,脸色凉了,只有缓缓把手机放下。

事情已经没什么看头了。人们耸耸肩,也有叹气的,或摇头,带着剩余的笑意相继离去。世界慢慢地停止打转,如一只摇摇欲坠的陀螺。

但我们早被世界借走,再不会被放回原处。

卖彩票的男孩高兴得顾不上他的电脑游戏。他才发现自己刚在这场无血的战斗中大获全胜。周末了。周末真好。他感觉不到于小榆感到的晕眩,感觉不到倾斜的旋涡,也感觉不到于小榆把手机放进外套的口袋时,手指骨节碰触到的杀着。

一掌冰,一拳火。

他得意地把脸凑前去,在于小榆耳边说:"你就闹吧,有种闹上法庭去。看谁理你!"

那是个周末下午。午后狂躁的阳光在镇上到处发飙并摇旗呐喊。于小榆却感到手指冷冷的,像十根小小的冰锥,掌心也寒,无法融解。她霍地转过身,出其不意,让卖彩票的男孩看看那苍白冷冽的象牙镯子。

终止世界的摇滚,让它不再扭摆。

旋转的陀螺倒下来。

很清醒,很平静,很精准。

终于／我知道了死亡的无能／它像一声哨／那么短暂

你不会忘记了。这个你从未好好看清楚的女孩。你只知道她自律而安静,一个人默默地完成所有事情的全部程序。当其他人都在骚动和尖叫的时候,她后退一步,大口大口吸进一些未沾血腥的空气,然后用染血的手打电话。很快接通。她用洁净的声音说,我杀了人。

你们都不再说话,也不再注视彼此。都抬起头来静观从窗外倾入的浮光。流光迟滞,一进来就变凉了。尘埃飘忽于光处,静止于暗中。你等了很久,以为她已经把要说的都说完了。于是你收拾桌面上的东西准备离开。而就在你站起来转身的一刻,听到于小榆轻轻地念——

我背后正有个神秘的黑影

在移动,而且一把揪住我的头发,

往后扯,还有一声吆喝:

"这回是谁逮住你了?猜!""死。"我回答。

听哪,那银铃似的回音:"不是死,是爱。"

　　打电话来的是老先生。上午九点十分,听他那平静得像刚刚坐禅后说话的声音,你不由得挺直腰,把坐姿调正。他说他已经到书店去问过了,小榆那天要买的光碟确实是一部日本电影,片名是《何时是读书天》。

　　"那碟子还在。"老先生顿了一顿,又清了清嗓子,"我替她带回来了。"

　　那电影你是知道的,就像你知道那首诗的所在。电影说的是一个上了年纪的独身女人每天靠送牛奶和超市收银员两份工作为生,晚上则躺在堆满书的房子里读陀思妥耶夫斯基。电影的调子十分平稳安静。你记不起电影的结尾,便猜想自己当初没把电影看完便睡着了,可又隐隐记得自己曾经为当中的一些情境哭过。它怎么那样模糊呢。你有点彷徨,便走到书柜那里去找那一本十四行诗集。它还在,而居然就依傍着《顾城全集》,都蒙了点尘,也有阳光给的吻痕和雨的味道。

　　你翻了翻,那诗仍在原处。黑影尚在,死在,爱犹存。

　　下午你再去拘留所的时候,路上下了场像样的雨,溽暑稍逐。但拘留所里因而更幽暗些。雨激起了满室潮味,尘埃都有附着处。两管日光灯亮得憔悴,管子里像各养了一只鼓噪的蝉。灯下的人都苍白。

看你把诗集从公事包里拿出来，于小榆禁不住笑了，还拨了拨额前的发绺，手上的镣铐银银铛铛。

"你知道为什么是你了。"她接过那书时，说得意味深长。

你不语。于小榆便翻开诗集，看到扉页上你写的句子。她的目光停留在那上面，褐色眼珠里慢慢升起一对闪烁的飞蛾。如它们在风中迷失，如它们始终在寻觅彼此，如它们被一面镜子分隔。于小榆别过脸，狠狠地咬了咬牙，眼泪便珠串似的坠下，流过她冷冷的四分之三的侧脸。

你将在静默中得到太阳
得到太阳，这就是我的祝愿

傍晚时因为要给案子进行交接，你到刑事部那里与接手的同事谈了一会儿。离开时天色如墨，雨珠吧嗒吧嗒溅碎在挡风玻璃上。你急于回家，兜了些路，却最终陷入这城市在周末晚上摆布的车阵里。数条车龙在雨中缠斗，车笛和雨声让你动弹不得，叫人想起梦中的困厄。这时候接到男人打来的电话，告诉你住处停电，嘱你雨中小心驾驶，又问起你于小榆的事。你告诉他那女孩终于同意把案子交给打刑案的律师了，条件是你以后还得给她送书。

"我答应她，会一直把书送到监狱。"

雨还会继续下吧。今晚过后就会浇醒下一个雨季。男人用梦里传来似的声音叫你好好开车，他会带着狗到楼下等你。于是你微笑着挂断电话，想起十七楼窗外那一盏坏了的街灯，便耐心慢驶。一路上，仍然有人从车里弹出烟蒂。猫的尸体化作春泥。你总是在看望后镜，总觉得那里有一双注视你的眼睛，一双栖息的蛾。你凝视它们便也看见了浮世流光。也看见城市把悲伤的脸凑到窗玻璃上，让雨水冲洗它的彩妆。

注：文中的黑体字俱为引用文字。多为顾城诗句。

野菩萨

雨看来是下不成了。也许老妈说得对。风流雨。大戏里也有唱,云雨巫山枉断肠。就那几颗雨珠,比观音手中那白玉瓶里的甘露还要珍贵。

1

七月中,吹大风,大风吹走过江龙①。

八月尾,落大水,大水冲过人老去,几多岁?

今天什么日子呢,明天都八月了呀。怎么忽然说刮风就刮风呢。听。风,七月底的风。不祥呢。这风刮得穷凶极恶,谁家的窗被刮得砰砰响,再不去关一关,窗门肯定要被甩飞了。肯定的。

啊,那不是吗?急风掀瓦盖,对面那一盆大叶翻了,瓦

---

①过江龙,眼镜蛇之民间俗称。

缸摔破了。你看，我不是才刚说了吗？它肯定会被吹倒的，肯定的。

阿蛮走到窗前望了望，还真的是，一盆老棕竹，摆在那里多少年了呢？忽然就倒了。瓦缸摔成好几瓣，竹丛的根千丝万缕，如一张细网似的撒开来，倒还死死兜住缸里的泥土，像握紧好大一个拳头。大概能保得住吧，根还在。对面的人家似无所觉，也没人探头出来看看。现在那房子里住的是什么人呢？妈。

老妈没听见，她蹲在沟渠边洗蕹菜，一边洗一边说："真的，风水佬才骗你十年八年，我吃盐多过你吃米。"

巷子里真有人家的窗没关好，是楼上的木制百叶窗吧，在风里开开阖阖，嘭，嘭，嘭。一下一下的，叫人听着心惊。这七月底的风里真像有一条惊惶游窜的长蛇，又像有穿街过巷的摩托骑士一路在吹响哨子。有狗在嚎叫，有孤魂在无人居住的旧楼里回应以哭号。阿蛮抬头看看，两排老房子的屋瓦都铺得歪歪斜斜，蕨叶大蓬小蓬地冒出头来。那屋顶上空堆积了一团团邋遢的云朵，像许多注满废气，谁也不知道该怎么处理的大袋子，燕子缩着脖子从下面飞过。唉，七月尾了。

雨像断了线的珠串，吧嗒吧嗒落下。

落雨，收衫。

阿蛮把晾在天井里的几件衣服收回来,老妈刚把蕹菜洗好,仍旧佝偻在那里,傍着个塑料筐子开始择菜。老人家说你去收我的衣服干什么呢?这是风流雨,一阵间就雨散云收,不能当真。肯定的。你快把衣服挂回去,没有太阳,让风吹吹也好。

挂回去?那几件衣服拿在手上就闻到一种奇怪的酸味,似乎反复被雨洗过,久未经日晒。但雨好像真的就没了,于是阿蛮也不辩驳,又去把衣服晾在那歪歪扭扭的铁线上。肉色的底衫裤已成尸白,都没弹性了,怎么穿的呢。大风把衣衫吹得扑扑作响,阿蛮的发丝在乱舞,身上的荷叶领子像要极力挣脱。她想到她第一次给自己买的胸罩,粉藕色,上面盘旋的蕾丝看来多么浮华。她的第一个男人,手指修长,掌心很冷,碰上她的背,那冷便从他掌中的生命线传来,导入她的脊椎,让她觉得寒彻心肺。

那天她回家,妹妹等门似的,一个人坐在天井里洗衣服。她就怕看见她,妹妹,那么懂事的眼睛。妹妹说姐姐你回来啦。嗯,回来了。阿蛮快步穿过天井,觉得自己仿佛也穿过了妹妹的身体。但妹妹却喊住她,姐啊。

嗯?

我月经来了。

是啊,暮光如锈,天井安静地播放着归鸟的啁啾。妹妹坐在屋檐下蓄雨水用的大缸旁洗她的内裤。那内裤泡在一盆淡红色的水里，看来如一坨很不新鲜的、苍白的肉。

阿蛮说这是什么日子呢，怎么来得这么早，又这么多。她便走到妹妹身边，蹲下来帮她搓洗。她垂下头才闻到自己的衣襟上有一股淡淡的异馥。仿佛古龙水，男人的发油，汽车用的香精。这香味令她脸红，手心好冷，小腹那里一阵微微的痉挛，两腿之间又涌出了温热的黏液。

那时候她们在天井里养了一对乌龟。是阿蛮刚出去打工前的主意。她说大家白天都要出门，应该找些什么给妹妹做伴。老爸不知从哪儿弄来一对小草龟，姐妹俩便把它们养在一个粗糙的陶缸中。妹妹负责给乌龟换水和喂食，阿蛮倒是不怎么打理，只是偶尔叮嘱来献殷勤的金强到督公河边摘水蕹菜。金强每次都细心地把蕹菜切整齐了扎好，献宝似的，两大捆拎过来。

内裤洗好了，阿蛮把它晾到衣杆上。回头看见妹妹从陶缸里捉了体形较小的一只乌龟放到水泥地上。那小东西披着一身青黄色条纹的紧身衣，驮着它背上的八卦慢慢爬行。遇上妹妹瘫放在前面的，一对歪歪扭扭的赤足时，它也没退缩，总想攀到脚背上去。

雨看来是下不成了。也许老妈说得对。风流雨。大戏里也有唱,云雨巫山枉断肠。就那几颗雨珠,比观音手中那白玉瓶里的甘露还要珍贵。阿蛮想想该回去煲汤了,便到楼梯底对着镜子梳了梳头。那镜子还是她以前掏钱买的呢。现在镜面上星星点点的全是刷牙时飞溅的泡沫印,加上背光,镜里的人如半透明的鬼影,脸上的神采像老妈那衣衫上的碎花,都被岁月洗白了。

走的时候,老妈已开始在热镬。背仍然是佝着的,已经挺不直了。"明天他们两父子有没有给你做生日?要不你明天到这里来吧,我给你煮两个红鸡蛋。"

嗯。她无可无不可地应了。我走啦。

"带一把伞吧,别拿走好的那一把。你拿走了肯定又会忘记带回来。肯定的。"

阿蛮从神台旁的大花瓶里拿走一把断了两根细骨的折叠伞。这伞,挡雨不挡风吧。带上门时,闻到潮湿的空气里飘着花生油和峇拉煎①的香气。她回头朝屋子里喊了一句:"少吃点蕹菜吧,你不是常常说腿软无力,睡觉脚抽筋吗?"言罢等了几秒,没听见老妈回应,她也就去解开锁在屋外的脚踏车。直至她将那破雨伞放到车把前的篮子里时,阿蛮霍地记起老妈之前才振振有词地说了"风流雨"。不是吗?

---

①峇拉煎,马来西亚风味的虾膏类。

2

要走出月份牌巷了,阿蛮不自禁地长长吁了一口气。那巷子几乎像一条神秘的、逆行的时光单向道,又像历史这堵老墙上深深的裂缝,会把人的三魂七魄吸进去。巷子里两排双层屋都已成古迹,墙像长癣似的,青苔斑斑,绿得发黑;墙体的裂缝崩出长羊齿叶的蕨类植物,感觉像骷髅头上长毛发。铁门上锈迹斑驳,门牌脱落,咿呀咿呀。门楣上或有蜘蛛一代一代织下的天罗地网,或有年代不详的、旧时燕子的弃巢。

刚才被风卷倒的那一盆棕竹,跟大门两旁褪色的春联一样吧,想来是旧住户留下的残迹了。天增岁月人增寿,春满乾坤福满门。阿蛮瞥见那屋子如眼洞般幽深的窗里闪过一张年轻女孩的脸。像印尼外劳吧。现在好端端的年轻人怎么会住进这巷子。阿蛮的儿子暗地里就把这巷子和老屋喊作"活死人墓"。阿蛮听见总要恶狠狠瞪他的。其实也是的,老妈都八十了,竟不比那房子老;前两年金强拿去放生的一对老龟也才三十多。一条巷弄两排房子居然比时代撑得更久。以前总传闻市政府会把巷子收回去另作发展,又说会把老街场这一带的战前建筑物翻新,保留下来作观光用途。老妈为此死活不肯搬走，就要等人上门来高价收购。可不搬不搬嘛，十几二十年就蹉跎了去。如今老妈真把那屋子当成她的冢，走不成了，房子里堆着那么多古往今来，都舍不下。每次提起搬的事，她还一脸横蛮，大有无论如何也得死在那里的意思。

以前老爸在世，总说你们老妈身上那股犟啊，其实是因为无知而无畏。这些话好在老妈不太听得懂，她还老提着以前老爸搞罢工被拘留时，她随工会上街示威，一个女人家怎样抱紧武警大腿被拽了两百尺远的事。"裤子都烂了，两条腿被拖得血肉模糊，痛得入心入肺，但我就是不放手，不放！如果他们后来不是用警棍打我，我绝不放手，肯定的。"

说到这儿总无人回话。妹妹垂下头，安静地把玩什么。嘘！别说。老妈需要一遍一遍地被别人以沉默提醒这话题里隐藏着的大忌讳。阿蛮记得有一回老爸气得一脚把藤椅子踹翻，颤抖的手指直逼老妈的脸。你，你就是蠢啊。

月份牌巷就那几百尺，北端伸入七月街，另一端与榴梿街相连。阿蛮向来不怎么走榴梿街那一头，一是因为有点绕路，也是因为榴梿街成了风月区，愈来愈多人妖和流莺出没。再说金强以前就在那路口出事，她思疑着墙上的斑渍是当年留下的血痕，经过时便特别心乱。于是她像往常那样把脚踏车拐入七月街，逆风，往督公河那一头去。这时分，七月街上没几家店铺开门。两家茶室依仗巴刹①的人潮，一般只做早市，这时候收得七七八八了。几家老牌神料店像守株待兔，也没看见有人光顾。金强他老婆开的那家半爿店面的录影中心，看来也水静河飞。阿蛮经过时朝店里飞快地瞥了一眼，看见那女人坐在柜台上一边扒饭一边神情痴迷地追电视剧。竟看得那样专注，大概不知今夕是何夕了，或许也没察觉自己身上正一圈一圈地在囤肉。

七月街上全是老店，倒是这录影中心才经营了没几年。门板上花花绿绿的港剧海报都光鲜得很，看来比神料店里囤积太久的大红与金黄更喜气。阿蛮跟那女人毕竟没什么话可说的。虽不至于心里有刺，却是阿蛮总顾忌着人家会心存芥蒂。以前金强对她可好呢，那是尽人皆知的事。他在玄天宫那里给十皇爷扛大旗，立功拿花红了还会想到给她打一条金项链。后来日子艰难，那项链几番被押到当铺里，帮她渡了几个难关。阿蛮老寻思着有一天该把金链退回去，却又舍不得。就像她有时候会劝金强别跟老婆怄气，可心里又不真想看见他待她好。

唉，录影中心不就是那半爿店吗？阿蛮脚下多用点力气，一晃眼就换了风景。

---

①巴刹，菜市场。

3

没想到才拐弯就看见金强站在路旁。阿蛮叹了口气。自然是会看见的。金强摩托店不就在这大路上吗？七月街出来左拐，谁看不见那醒目的招牌？记得以前金强从东海岸熬了几年回来创业，那里只是间寒酸的木寮，只修脚踏车，连招牌也没有。那时谁想到他会熬出头呢。一个十几岁就出来吃江湖饭的人，书也没读过多少，整天待在玄天宫那里等候差遣。要不被派去收烂账吧，要不就跟着去打架。后来出事，所有人都以为他废了，完了。

金强回过身来看见阿蛮时，七月底的风从督公河那头溜来，拂过他们，阴柔缠绵。大家都不复当年了。背景还是老背景，那巴刹破败如故，却也没显得比以前更残旧些。倒是人经不起岁月洗练，都只残存了一些过去的影像。金强先昂起脸来打了个招呼，阿蛮也就顺势把脚踏车开过去，在他身边停下来。

脚踏车发出一阵刺耳的响声。

"是刹车器的事，让我看看吧。"金强甩一甩头，让她把脚踏车推到店里。

阿蛮没推拒。反正店里几个伙计正合力伺候一台卸了轮胎的摩托,显然不太忙碌。金强吩咐他们当中的一个印度少年给阿蛮修一修刹车,自己则随手把手上提的两个塑料袋放下。阿蛮瞥了一眼,两大包香烛和金银衣纸。

"七月尾了。真快。"阿蛮低下头,拨了拨鬓边的头发。头发没乱,她知道的,只是白了,粗糙了。金强却没为意,从裤袋里掏出香烟来,叼了一支在嘴里。

"是啊,人一世物一世,一眨眼的事。"他转过身去点燃香烟,阿蛮看不见他脸上的神情。"我明天去极乐洞烧点香,刚刚才去买了些香烛,顺便给那婆娘打包午饭。"哦,他喊那女人婆娘,就像儿子的父亲连名带姓地喊她陆阿蛮,就那个意思吧。婆娘。阿蛮应了一声,想不到该说什么,便别过脸注视那满身油渍的印度少年。那双手还真熟练,拆脚踏车零件就像卖猪肉的从死猪肚子里掏内脏,心是心,肝是肝。

抽烟的时候,金强刻意走远了些,但空气里还是飘来一股烟草味道。外面的阴天忽然泛起浮光大白。阿蛮眯起眼睛,认真地凝视着他拿香烟的手。被砍掉后驳回去的半只右掌,这么多年过去了还是看着不太舒服。四根手指只有食指与中指勉强能动,正好夹得住一支烟吧。真亏他,如此白手兴家。

刹车器很快修好了,不过就换了一层橡胶垫。阿蛮从印度少年手上接过脚踏车。她说我知道你不会要我的钱，改天请你吃饭吧。金强微笑，他说等你以后娶媳妇摆酒席再请吧。说着朝亮光那一头弹去烟灰。手势还挺潇洒呢。那掌，切割了又重新驳上以后，仿佛有了一条从手心环绕到手背，又兜回到掌里的，新的生命线。

那天下午，大概也是这么一种悲情的天色吧。不，很可能是事情太久远了，记忆哪经得住时光反复搓洗。在阿蛮的印象中，一切都灰惨惨的；唯有血，红得不像话。

人们后来说，那些人从玄天宫出发，由督公河那里的小径转上苏丹街，再取道梁荣发路，经过十五间和佳人百货公司后转入巴刹路。据说他们其中三人在七月街下的车，另外几个人赶到榴梿街，分头把月份牌巷两端堵住。金强那时送了两捆水蕹菜到她家，离开时就撞上来人。说来那一场殴斗还是从她家门前开始的。金强打不过人家，没命地冲到榴梿街那一端，却终究被迎面来的几个人堵死了。阿蛮闻声赶去时，金强已招架不住，只能抱着头蜷缩在地上，像一只待毙的穿山甲。

看见这种情况，阿蛮唯有狂喊而已，妹妹也坐在她那装了滚轮的木筏上，吃力地赶过来。姐妹俩的尖叫声骤风似的穿透巷子，每一扇门窗都有人探出头来。阿蛮的记忆便从这里开始褪色，只有鲜红的血浆从画面深处溢出。那些人照着金强的头脸狂蹬猛踹，似乎有人还穿着铁头鞋，差点没把他的头踢爆，却总是把他的左耳踢坏了，肋骨断了两条；再有人抽刀，砍掉他半只手掌。

人们说那其实只是一瞬间的事。从那帮人追着金强一顿暴打，再到有人抽刀，金强举手拦截，而后那些人钻进路口的小货车绝尘而去，前后不过是三几分钟的事。断掌后的金强像被割喉放血的生鸡，在地上不住打滚号叫。他用左手扼住自己的右腕，那断掌血如泉涌，多么像一只蘸饱了红油漆的漆扫。灰黑色的路上涂满艳红的血浆，游移在空气里的一股甜腥味突然向她扑来。阿蛮禁不住弯下腰，从胃里嗝出一阵酸气，然后便像要倾空这一段记忆似的，掏心挖肺地呕吐起来。

傍晚有几个警员到巷子里取证，阿蛮因为头晕得厉害而躺在床上。她觉得脑子空荡荡的，几乎已经遗忘了所有细节。倒是那些远观者，那些站在各自的门窗里探头张望的邻里，都能说得绘影绘声。而她只记得住几个移动中的模糊人影、喷涌的鲜血、铁头鞋、断掌。

但阿蛮可以感知那些警员并没有追究的意图。他们更像是在闲聊，有一搭没一搭，自问自答，似乎在暗示着那是一般的私会党仇杀。即便不是吧，你知道他前几天去伏击人家五金店的少东吗?

阿蛮摇摇头。

锡米街最大的五金批发商。他把人家打成猪头了。人家的老爸有头有脸呢。

阿蛮忽然感到背脊上有一只冰寒的手掌,那手在抚摸她。恐怖的温柔。她紧扣十指,神色坚定地摇头。

警察还告诉她,你妹妹把那断掌放到电冰箱里了。妹妹?不。阿蛮摇头。不,我妹妹她的腿不行。但那警察的神情非常坚定,阿蛮不得不再仔细想想。不,不对,我们家没有电冰箱。

你们家是没有。

警察离开以后,阿蛮撑起虚弱的身体,靠住梯阶扶手走下楼。出了事后的巷子分外安静,狗不吠,猫都蹑手蹑脚地走过,隐约只听到远处传来冬粉档敲碗打丁丁的声音。老爸不知到哪里去了,老妈坐在天井里给妹妹洗伤口。阿蛮走过去,她们都抬起头来看了她一眼。老妈说等一下去买冬粉吧,我今晚不煮了。阿蛮没作声,站在那里看妹妹摊开的手掌。一只清洗过了,涂满了蓝药水;另一只,老妈正用针给她剔掉裂口里的沙石。妹妹咬着牙抽了口凉气,那手都在抖了。老妈说别动,伤口没弄干净会破伤风,肯定的。

妹妹索性别过脸去,不再看自己那破烂的手掌,也没察觉阿蛮正凝视着她那一张发青的脸。那脸，多么像她们头上，举头三尺吧，那半轮薄薄的月亮。

4

在那以前，阿蛮总以为妹妹去过的最远的地方就是七月街了。老爸用三夹板给她做的木筏，虽然上面铺了草席和碎布做的垫子，却怎么说都有点单薄，那四只滚轮用久了也不太好使。再说那样用两手撑地，慢啊，看着也怪模怪样。少年时候，她和金强会拿绳子系住木筏，两人一起拉着妹妹巷前巷后地戏耍。老妈不让他们走远，七月街已经是他们瞒着大人能够去到的极限了。似乎还有一回，他们密谋带妹妹过桥，去人民公园那里的流动游乐场，但半路上木筏脱了轮子，好不狼狈，只有让金强把妹妹背回月份牌巷，结果三个人都少不了一顿打骂。后来逐渐长大，妹妹意识到别人的目光，自己反而不想出门了，平日就待在屋子里接点手作，鞋垫，月份牌，纸扎品。老爸心疼她，自己戒掉烟，每个月腾出来好几块钱，在家里装了丽的呼声。

阿蛮记得那台小木箱，像个养蜂的盒子。里面总有一把听着恍如隔世的声音，嗡嗡嗡，等着你回来，想着你回来。妹妹天天坐在那里，像个间谍在窃听外头的世界。有时候，她和老妈也会在下午追听广播剧场。多少生离死别，云雨巫山，听得母女三人泪眼涟涟。阿蛮却从没听说过那种把切下来的手脚放进电冰箱里的事，老妈也不曾听闻，妹妹不但听了而且深信不疑。人们说她捡起那半只断掌，大声呼求旁人把它放到电冰箱里。当时大家都觉得可笑，而且谁家会有电冰箱呢？就算有，人家也不会愿意把这血淋淋的东西放进去啊。

当人们七嘴八舌地讨论这话题的时候，他们说，妹妹自己动身了。阿蛮实在记不起来。真的吗？妹妹用手划动她的木筏，穿出月份牌巷，由七月街转到巴刹路，过了巴刹以后再右拐到小学路，找到那路上最豪华的独幢洋房，求那卖猪肉的九公帮忙，把金强的断掌暂存在他们家的大冰箱里，跟那些刚宰好的生猪和卖不完的猪肉放一块。九公后来说，他接过断掌的时候，掌上的手指似乎还微微在动，而他们已经弄不清楚那上面红红黑黑的，究竟是谁的血。

"她自己的手掌都擦破了，全是血。"

阿蛮刚骑上脚踏车，便看见大肥从小学路那头走过来。仗着祖荫吧，他愈来愈胖，颈项已完全被下巴吞并，以至随便扯一扯嘴角也像满脸堆笑。现在那路上，他们家的房子依然最豪华；单是院子里的四面佛神龛就够瞧的了，比庙里的更金碧辉煌，而且养的两条恶狗比人还要壮。阿蛮记得以前她和金强挤在他们家窗外看电视时，大肥可是喊她阿蛮姐的。人长大了情分渐渐不再，尤其是上一辈人陆续走了以后，现在就只剩下一个点头了。阿蛮遂也回了个点头，没等他过来便开始踏动她的脚踏车。

"大肥来请你吃猪肉了。"话说出口她也就走了。风吹得人心里凉凉的，阿蛮却不觉得畅快。大肥那小子也学他父亲九公那一套，把"吃猪肉团结华人"当口号。屁话。九公说的跟他说的才不一样，人家那是每年天公诞请街坊邻里吃烧肉时说的，这小子却只有在大选拉票时挂在嘴上。金强那一票自然是免不了的，仗着祖上积的那一点恩德，金强还得每年给他们党捐钱赠摩托呢。阿蛮讨厌的是他总爱挟持金强，说走走走，我们去吃卤猪手。

过了睦邻计划中心那破木寮和书报摊，阿蛮把脚踏车拐进鞋街。那路窄得很，无非比月份牌巷宽那么一点，而且路面坑坑洼洼，很不好走。以前这里家家户户都接鞋厂批出来的细作，这家裁料画线那家削边上胶，俨然是条生产线了。所以三天两头总有罗厘①开到这路上来派收，引擎声与吆喝声混作一片，挺热闹的。阿蛮记得刚才转角那地方，原来有

---

①罗厘，载货卡车。

个凉茶摊,卖凉茶的是个精瘦的老头。老爸爱喝他的龙眼罗汉果。除了妹妹以外,家里有谁湿热上火了,都会被押到那里喝一碗廿四味。那药汁黑得像咖啡乌,而且真苦啊;才碰上舌尖,马上就苦到心坎里。

那苦,记得金强也是领教过的。不就是他的母亲过世后不久的事吗?还是个少年呢。他整个礼拜没露面,老爸觉得不对头,某天下班从糖厂回家时,特意绕到督公河那头去看他,才发现他都病得五颜六色了,正把自己卷进被窝里,像个蛹啊,毛毯都被汗水弄得湿答答的。老爸问他你是在等死吗,看他没反应,便啪啪刮了他两巴掌,金强才睁得开眼睛,蒙蒙眬眬知道是老爸来了,喊了一声细叔,竟然哇一声哭起来。老爸一把将他揪到医院去,在那里吊了两天盐水,出院后还得被押到凉茶摊。三天,喝了三碗廿四味。

金强常常到家里蹭饭,老妈自然有微言,成天嘀咕着"两双手五张口",有意无意,说给谁听?老爸没少斥责过她,到底算个故人之子嘛。但老妈不吃这一套,怨声无日无之,老爸也就懒了。可那一回老妈出人意料地没怎么抗议。阿蛮和妹妹旁敲侧击,她便撇着嘴说,这不同啊,这是救命的事。

是不同。以后金强到玄天宫跟了十皇爷,每个月都有伙食费拿来,过年有蕉柑腊味,九皇爷诞还有吃不完的红龟包，老妈也就没再抱怨了，甚至渐渐把他当成一家人。那时候倒换成老爸对金强有意见，总觉得年轻人有什么不好干，怎么去混私会党，吃这种朝不保夕的饭。后来在巷子里出的事，证明老爸想得没错，人还是踏实过日子的好。老妈似乎为此想了一夜。第二天她和阿蛮一起到医院去给金强送饭，路上忽然对阿蛮说，电发铺那一份工，你还是不要做了吧。

5

苏菲电发院在梁荣发路末端，当年在那繁华的大街上，算是比较安静的地段了。以前阿蛮多么喜欢往那路上去。在老街场，一个女孩向往的所有东西都可以在苏丹街和梁荣发路上找得到。那里有五层楼的佳人百货公司，卖皮包鞋子和各种洋货的十五间；有戏院，玩具店，西饼店，肉干铺，布庄，电发铺，金钻行，唱片行，后来还有录影中心。这些，不就是一切了吗？

可今时今日，阿蛮却嫌那路上有太多飞车党，烟尘多。她更愿意由狭窄的鞋街穿行到外面的苏丹街，也不想沿巴刹路走到底，再由梁荣发路拐到苏丹街去。事实上，梁荣发路也早已不再是往日风景。佳人百货公司不是倒闭多年了吗？以后那建筑物便一直废置。它旁边那一排破破烂烂的十五间，如今只卖学生制服和书包；几次风闻会被拆掉，大肥他们党就带人到那里拉横幅示威，而看来并没人真想拆去这些老铺，所以它们也就风雨飘摇地撑到如今。

阿蛮到了鞋街才发现那里出了状况。也许是地下水管又爆裂吧，来了两辆大车一队工人，把衔接苏丹街的路口给封了。阿蛮停下脚踏车，看到那里挖了个深坑，左右看看实在是钻不过去了，只好又骑上脚踏车往回走。心里想，真倒霉，一定是因为撞见了大肥。

既然此路不通，阿蛮唯有走梁荣发路。那得回到巴刹路往北行尽，昔日佳人百货公司的五层大楼就在右边转角处。以前在苏菲电发院工作，阿蛮常常会提前出门，先到路这一端的佳人百货转悠一阵，看看橱窗里闪闪生辉的小东西，又一件一件地翻那些挂在架子上的漂亮女装。算算时间差不多了，才慢慢走到路另一端的电发铺。她喜欢走在那一排双层店铺长长的五脚基上，喜欢听到店里溢出徐小凤或许冠杰的歌声，喜欢看见橱窗玻璃映照着那背光的窈窕的自己。她甚至也喜欢在推开苏菲电发院的镶玻璃大门时，马上看到墙上那些海报里勾魂摄魄的大眼睛。

对于她到电发铺打工，老爸向来不赞同，可又说不出个所以然，只一味说怕她会学坏。老妈倒是无所谓，说到底，苏菲电发院给的薪水总比之前的饼干厂和鞋店高，还不用蹲下来伺候人家穿鞋子呢。妹妹也说做头发终究是门手艺呀，这可让阿蛮理直气壮了，她走到妹妹身后抓住她的一对大孖辫，扬起来让老爸看。我以后学懂了可以帮妹妹弄头发啊。

就是嘛。大孖辫，像个乡下人。阿蛮晓得爸妈对妹妹是不好说什么的。妹妹因为不方便出门，不知有多少年没出去让人理发了。平日她都自己操剪刀，偶尔也让阿蛮帮忙修一修刘海，那长发唯有编成大辫子而已，一直没什么花样。看见妹妹那发亮的眼睛，老爸果然不再坚持。他摇摇头，说你自己看着办吧，千万不要被人带坏。

怎么会呢？苏菲电发院只做女人的生意。难道女人还能把她吃了？老板自己是个洋气的女人；人挺幽默，做派豪爽，大家都叫她玛丽姐。听说她后来欠下赌债，被大耳窿找上门，只好草草结业，不知搬到哪里去了。阿蛮在那电发院工作的日子不算长，与玛丽姐之间算不上什么情谊。她记忆深刻的是店外面的红白蓝旋转灯，店里面电发药水呛鼻的气味；记得收音机里传来午后慵懒的歌声。还有那些大镜，那些像某种太空船装置似的笨重的焗发机，那些海报上浓眉大眼的女明星。当然也记得玛丽姐的喇叭裤和松糕鞋，红指甲，真时髦。

她也记得每次金强去找她，玛丽姐总爱尖着嗓子喊，哎呀靓哥仔来了。

那是个美丽奢华的世界。女人们眉来眼去，风情万种。金强被吓怔了，站在门口那里停又不是走又不敢，一双手不知该塞进裤袋呢还是该叠在胸前，于是便弄巧反拙地两手叉腰，像个来收账的，尴尬得很。

可那时候所有男人都到印度店理发，像玛丽姐开的那种电发铺，本来就像个胭脂堆，男人谁进去了都会感到不自在。或许这世上也只有那种男人了，那种生下来第一天就向两个哥哥学着怎样应付三个母亲七个姐姐的公子哥儿，他们才会在苏菲电发院里如鱼得水。也只有那种男人了，会一只手插在裤袋里，另一只手拿香烟，说话时从来不避开对方的眼睛。真要命。

6

以前不是那样的。以前她有的，她都想给妹妹一份。记得打第一份工年终发花红，老妈说你给自己买布做一件像样的衣服吧，她便喜滋滋地去锡米街广兴布庄挑布料。一上午走来走去心大心小，最终还是放弃了自己真正的心头好，买了比较便宜的一款，要两份。妹妹多开心啊，拿着那布料，眼里都有泪光了。以后几天她们都在研究该怎么裁，做什么款，结果还是一式两份，穿在身上真的就像孖公仔。

小时候老爸常常纠正她,是"一对"孖公仔,不是"两个"孖公仔。

阿蛮老觉得是父母造成的吧。从小到大,她都莫名其妙地觉得自己亏欠了妹妹,仿佛她在老妈的肚子里就已从妹妹那里偷走了什么。即便到了今天,阿蛮只要去苏丹街南端,经过华人接生楼时,她仍然会不自禁地多看两眼,想象自己和妹妹当年在哪一扇窗里出生。那时老妈的两条腿结满血痂,被警棍打伤的手腕还瘀黑着呢,她和妹妹却已忍受不了那伤痕累累的、受难的母体,提前嚷着要出世。她诞生时是那样壮壮实实的婴儿,妹妹却不然,"两条腿扭得麻花似的,像两条猪大肠"。老妈在产房里就已哇哇地号啕大哭,哭声响彻接生楼。护士出来对守在外面的老爸说,你老婆在床上跺脚;下面才缝好,又裂开了。

关于妹妹的不幸,他们仿佛都觉得自己是冥冥中的一个促成者。他们,三人。老爸显然负疚最深。老婆快临盆了,家里又没其他人,他不过就是小小一个工头嘛,真不该在那种时候逞英雄,带头组织罢工。老妈则觉得这里面有一种不可言说的神秘性,譬如降头或因果之类,可以让她把自己受伤的双腿与妹妹的残障联系起来的东西。至于阿蛮,童年时她常常于睡梦中听到老妈在她耳边吟哦"你啊你真不应该,你怎么就急着把妹妹带出来",她都听到的,她只是翻一个身，假装忘记了。

但比起歉疚感，更让人难过的是遗憾吧。他们都知道，妹妹是"一对"姐妹里比较聪慧的一个。她比阿蛮早学语，早了三天喊"妈妈"，早了两个礼拜喊"爸爸"。尽管没机会上学，但她的辨字能力和心算功夫都比读过几年华小的姐姐强。阿蛮也老早发现了自己无论抓石子或翻花绳，都总玩不过妹妹。哼，不玩了。当她拉着金强到巷子里跟其他孩子玩弹珠的时候，老爸在天井里摆棋盘教妹妹下象棋。阿蛮记得他们有多专注，老妈喊了几次吃饭他们也不搭理，阿蛮要是去搅局是会被老爸呵斥的。她当然明白，妹妹比较聪明。她只是撇一撇嘴，假装不在意。

但阿蛮还是打从心底疼惜妹妹啊。妹妹常常说，我们在妈的肚子里拥抱了八个月。这话让人心软，她便伸手去抱住妹妹，闻到妹妹鬓发上肥皂的馨香。她说是啊，我们不是两个，我们是一对。妹妹也抱紧了她，把头钻进她怀里。阿蛮听到妹妹朝着她的胸口说话，就像那里有个洞似的。妹妹说，不是的，我们是一个。

那一刻阿蛮感到心酸极了。那时她正穿着那一件在佳人百货公司买的粉藕色通花蕾丝胸罩，颈上戴着金强给的金项链，衣襟上留有怪异的芬芳。男人进去了，出来了。她在榴梿街下的车，没等她走进巷口，身后那鸭绿色的奔驰便开走了。阿蛮忽然想起男人刚刚送她的那一袭衣裙还在车里；白底流云彩蝶飞，面料光泽盈盈。她回过身去，路上徒留烟尘而已。那时候她真感到胸口有个洞，洞里只留下烟草、古龙水和发油的味道。她心里空落落地回到家里，看见妹妹一个人坐在天井里洗内裤。连缸里的草龟都抬起头来，用怀疑和嘲讽的眼神注视她。她最怕看见妹妹了，妹妹太懂事的眼睛。

以前明明不是那样的，以前她有的，她都想给妹妹一份。

7

空置多年的佳人百货公司大楼，现在所有门窗都锁紧了，看来就像一幢养燕子的建筑物。据说玄天宫的十皇爷退休后也真想过把它弄到手来养燕子。有这种事，大肥他们自然是要力阻的。于是这荒楼也就可以平静地持守它的空寂和古老。它会和身边的十五间相依为命，等哪一天突然崩裂坍塌，或是因电线太老旧而在某个夜里骤然失火。

阿蛮察觉自己正隐隐期待那一天的到来。她想象着有一天早上醒来会有人告诉她，你知道吗，昨晚老街场火灾，佳人百货和十五间被烧掉了。或许连月份牌巷最后也会落得相似的命运吧。正如十五间的老铺,祖传父,父传子,儿子打过算盘后,再雇了外劳来死守。月份牌巷现在也逐渐变成外劳的宿舍。被风刮倒的老棕竹最终不会被扶起来了,它会被寄居在对面屋子里的人连树带根扔到一旁,然后慢慢枯萎,像个倒下了便活生生饿死在巷子里的老人。

过了那挂满书包和校服的十五间店铺,前面就是梁荣发路与苏丹街交接的路口。苏丹街是条宽敞的单向道,路上的车子开得像要飞起来似的。阿蛮小心地顺势右转,随着咆哮的车流开到高架桥上,要横过督公河。

那桥,就像其他依傍着督公河的公共建设一样,大家都会直接以"督公河"为它冠名。在阿蛮的印象中,这督公河桥已是第二代了。以前的督公河桥没这般宽敞,看起来也没现在这般牢靠。它下面的督公河倒是长年不变。河水混浊依然,这些年尤其淤塞得厉害,雨季时总要发几次小小的水灾。上游玄天宫那里犹好,下游的观音庙地势稍高,也勉强能自保;再往东则是一片低地,金强孩提和少年时就住在那里。说是左岸的一幢破木屋,屋旁是甘蔗林,屋后有香蕉笆。

记得年轻时,有好几次金强站在第一代督公河桥上指着那一幢快不成形的破房子,对她说了一些童年时的生活趣事。他说督公河太脏了,什么鱼都活不了,能活的都是些长相可怖的食苔鱼。

阿蛮那年纪时无论做什么事情都心不在焉，也从未认真聆听。后来还是在听妹妹复述那些事情时，她才知道人们把那些鱼叫作魔鬼鱼。金强说的，那些鱼养在水族箱里可以清理青苔，长大后就会开始啃食其他鱼类。因为繁殖力强，也没什么天敌，督公河便由它们称霸。雨季时督公河泛滥，魔鬼鱼便趁势上岸。水退后岸上必定留着许多魔鬼鱼的遗骸。它们的身上披着有刺的绿盔甲，鱼鳍像钉子一样，死后依然铁骨铮铮，面目狰狞，有一种同归于尽的意思。猫也敬而远之，不敢碰，不敢吃。

相比起桥这边有玄天宫、大伯公祠、古庙义校和小小的人民公园，桥另一边的督公河岸无疑冷清多了。浅浅的河滩多是荒地，遍长丝茅，连鸟也不肯落脚。就拿那观音庙来说，这么多年了没看见多少香火，那庙里终年黑漆漆的，青灯寥落。前几年说扩建吧，却不过是寒寒酸酸地在庙旁搭了个简陋的铁棚，就为了多挂一些长生灯。阿蛮想，长生灯多了，也不是因为多了些香客，却只是多了些死去的人。

至于玄天宫，那是历史愈悠久它就愈气派了。大概是因为它老是在修缮，也不断在扩充和翻新吧，阿蛮似乎从未见过它有"古老"的时候。印象中，玄天宫无论什么时候看起来都像几年前才刚落成，而且还在不断加建中。现在那里有铺满了云石的宴会厅和展览中心，单是停车场就大如几个篮球场。那架势，直把后面的大伯公祠挤得不断往一棵大树底下退去，连过去搭棚演酬神戏的地方也慢慢不见了。至于那树，仿佛为了抵抗玄天宫的逼近而拼命往高处伸展，树顶已伸入云端，仿佛树穹上也能成其天地。而树影里的祠堂愈来愈渺小，似乎正逐渐在消失。

说什么呢，阿蛮自己几十岁人了，在老街场住了一辈子，也从未踏进过那边的观音庙和这边的大伯公祠，再远一些吧，听说还有城隍。她每年阴历九月初却会到玄天宫凑热闹，也挤在人群里烧香下跪。那儿人推人的，难得抢到一个蒲团。往往来不及求所求，或所应求，或所求，便已被烟熏得满脸泪水。可阿蛮求了这么多年，至今犹不晓得庙里供着的九皇爷究竟是何方神圣。最后不过是拿了几卦不求甚解的签，提着两袋红龟包和莲蓉寿桃，连着数日蒸热给家里那两父子当早餐吃了。

记得以前金强在玄天宫待命，阿蛮家里的红龟包可真多得可以堆成小山。妹妹拿了一个龟包逗那两只绿草龟玩，把它们置于红龟的背上，轻声对它们说九只大龟怎样救了九兄弟的神话。金强偶尔会插进来几个塑料做的绿色小兵，扮作逼害九皇爷的坏人。老妈经过被他们逗乐了，老爸在一旁直摇头。

当时阿蛮魂不守舍,那乐也融融的景象看着特别心烦。她把一只红龟剥开,好看的红皮白肉,却没有肚肠,没心肝。她真恨不得狠狠咬它,把它吞进肚子里,看它还能逃到哪儿去。一整个月了,那人的母亲没到苏菲电发院,他也就没再出现。自从在榴梿街下车以后,阿蛮觉得城里所有的鸭绿色奔驰都在一夜之间霍然消失。那个下午发生的一切,他掌心的冷与胯下的热,还有他送的衣裙,流云,彩蝶,如梦似幻而已。阿蛮记得最清楚的反而是当中最模糊的一些情景,譬如在那雅致的小公寓里,她和男人隔着一个金鱼缸。那是她第一次直视他的眼睛,那里面像有火似的,又像两尾流光溢彩的金鱼游了进去。男人说你听,我喜欢这音乐。那是首英语歌,阿蛮听不懂。她红着脸说,你那边的玻璃上有一条奇怪的鱼,真像壁虎。

那就是魔鬼鱼吧。阿蛮数日后省起来,那鱼已经钻入她胸口那看不见的深洞,牢牢盘住她的心瓣。

8

玛丽姐说,你到他家店里碰碰运气吧。阿蛮便在那天中午撑了伞走过督公河桥,一直走到锡米街。那一带靠近火车站,附近还有印度市集,人来车往的,有点鱼龙混杂。阿蛮走过那些参茸行、海味铺、药材铺、布庄、酒庄和轮胎店，还没找到他家的店便已看见了停在路旁的鸭绿色奔驰。这让她忽然紧张起来，两腿就发软了，那一刻才发觉自己的莽撞。她走到对面的五脚基，只站了一会儿，便觉得来往的人们投她以怀疑的目光。这使得她愈发心虚，却又不甘心就那样不明不白地，顶着灼人的大太阳走回头路。

老爸不是常说吗？阿蛮你啊，你就是倔强，像你妈一样。

是啊，所以她才会在那里站了几个小时，将近一下午，后面一小时甚至还苦苦忍着尿。要不是看见那男人挽着一个秀丽的女人从对街的五金店里走出来，要不是看见那女人身上穿着丝绸般发亮的连衣裙，要不是看见那白裙上流云翻腾，彩蝶飞舞，阿蛮是不会放弃的。

男人瞥见她。阿蛮看见他愣了一下，又马上皱了皱眉头。却终究只迟疑了那样一下，便钻进奔驰里。阿蛮撑开手中的黑伞，把自己缩小，再垂下头，正好藏在那伞撒落的阴影深处。

这许多年来，随着城市的扩充，市中心悄悄转移，老街场最好的岁月业已凋零，早已今非昔比了。奇怪的是只隔了一条督公河，彼岸的玄天宫、锡米街和火车站一带，却一直十分兴旺。就连原来像个露天市场的印度市集也干得有模有样。印度人把一整条街上的店屋都买下来。那里的建筑物都是经过翻新,或索性拆掉后重建的。锡米街一带的店铺楼下多做批发生意,楼上则出租做办公室。白天那里络绎不绝,气象热闹繁华。只是那些店屋绝少住人,入暮后待所有店铺都打烊,好几条街也就忽然疲态尽露,变得沉默而阴森,显出它的老相来。一年里或许只有九皇爷诞时节,玄天宫彻夜燃香,街边卖香烛和卖红龟包的摊档都通宵经营,附近几条街便也沾光;连续九天,晚上也会有人气,有灯火。

但阴历九月初正好是雨季,阿蛮记得那天自己从锡米街慢慢步行回家,中午时还能把人煎出油来的光天灿日,傍晚时就拉下脸了。阿蛮走到督公河桥上站了一阵,看着乌云一摞一摞的,从督公河下游缓缓地往这一头滚动,云里似乎还裹着闷闷的雷声。看来即将有一场大雨了。天如此躁动,而桥下的河浑然不觉。河里的鱼呢?那些魔鬼鱼,它们是不是都在等着督公河水涨,伺机群攻上岸?

没想到那一场雨终于没认真下起来。不过是乌云如羊群被雷电驱赶,浩浩荡荡地匆匆过境,期间只飘了点细雨,把地底下储存的暑热挥发到地上。风流雨。阿蛮回到家里,看见桌上一盘酱红裹白的南乳猪肉和快炒成黑色的马来风光①,

---

①马来风光,峇拉煎炒蕹菜(空心菜)之当地俗称。

觉得不开胃，便自己到灶头煮了一包金旦面。老妈自然有怨声，打阿蛮把面放进锅里那一刻便开始吟哦，那絮絮念似无休止，里头颇有些火花，正好点燃阿蛮那憋了一下午，不，一整个月的悲愤。她重重地顶撞了几句，说到"我还想死呢我还想跳进督公河"，气便粗了，在那里喘着大气，吼也不是哭也不成，遂摔下手里的锅，也不理会妹妹的呼唤，头也不回地冲出家门。

那天是九月九，在人世逗留了九日九夜的九皇爷要回銮了。阿蛮漫无目的地乱走，在巴刹路那里赶上正拖儿带女去看巡游的人们，也才发现自己穿着一黄一红，两只错配的木屐。她没怎么细想，只觉得路上朝圣者众，与其回头，不如随波逐流。于是她踩着木屐，跟着大家往苏丹街的方向走。那大路两旁早已挤满人，人潮与锣鼓声从苏丹街南端滚滚涌来。那声音愈近，路旁的群众便推挤得愈厉害，大家都想挤到最前排。她真想纵身跳进去，跳进河里。

金强就在人潮中，与其他信众一样白衣白裤，脖子圈着毛巾；双掌合十，香举过顶，跟在三顶大摇大摆的辇轿和一队乩童之后。他看见路旁的阿蛮时，阿蛮已哭得眼睛都红了，却不拭泪，因而满面湿痕，像个在人流中与家人失散了的女孩。他忍不住张口喊她，阿蛮，阿蛮。他向她挥手，可她目光空茫，眼神轻飘飘的，仿佛聚焦在某处，又瞬即穿透一切。金强只好随着人流继续往前走，载浮载沉，送九皇爷到河边。可是他频频回首。阿蛮，阿蛮。九皇爷哼哼哈哈，咧开九张大口吞没他的呼喊。直至快看不见阿蛮了，金强才突然转身，奋力穿过人群。

人群，那真像一堵厚厚的，绵延无尽的铜墙铁壁。

9

外面看来，那诊所似乎还挺可以信赖。高墙上挂着许多巨大的匾额，笔法苍劲的黑地金字，凸写妙手回春，凹写再世华佗，像慈悲的众神在睥睨众生，有一种稳定心神的作用。也因为那里采光充足，候诊厅十分明亮；加上彼时病人似乎不多，阿蛮才终于鼓起勇气走进去。

但后来护士领她走的那条甬道却不是那么回事。那是另一个世界。医生说你跟护士去准备一下吧。阿蛮便尾随那妇人从另一道门走出去。那里像许久没有人走过的地下隧道。怎么不亮灯呢，只有一束阳光从高处一扇小小的天窗穿入，但鞭长莫及；还没碰触到地上的阶砖，光线便已疲软。阿蛮觉得光照只到得了她的头顶，她看见前面带路的护士头上泛着一层光晕，那光浸透她头顶上的发丝，使人看起来头轻脚重，像半透明的灵魂。

那是金强动手术后没几天的事，多像接枝栽种，那断掌正在绷带中重新适应自己的躯干。阿蛮刚辞了电发铺的工作，领了七除八扣后的薪水，便刻意走远路到火车站那一带，找了家当铺，把揣在兜里的金项链拿出来。说来那是头一回，她用金强给的金链去渡难关。阿蛮昂起脸来。柜台真高，她像掉落在井底。她甚至没看清楚柜台后的男人长什么样子，就得把自己最珍贵的东西交给他。对方是个老手，熟练地检查和掂量每一件交上去的东西，丝毫没有一点珍惜的意味。阿蛮不免感到心酸，但她在心里说了以后无论如何是会赎回来的，肯定的。

手术用的时间比想象的短，阿蛮没想到要挖掉肉瘤似的一条小生命，比舒通阻塞的水管更容易。她依稀听到医生和护士交谈了几句话，还有那些刀叉钳子被放到钢盘里时的碰撞声响。那样手术便完成了，她已被清理。后来的大部分时间，阿蛮躺在床上等待麻醉剂的药效过去。她不确定自己是不是睡着了，只知道梦进来过，又出去了。那些魔鬼鱼随着梦的潮汐被冲到这暗室。当梦退去以后，它们却留下来，慢慢长出四肢足趾，在地上爬行，并发出壁虎的叫声互通信息。有一条特别肥短的爬上手术床，盘在她的耳畔，似乎正等待蜕皮，而居然也入眠了，鼻息冷冷的，钻入她的耳蜗。

阿蛮醒来后，还在那床上躺了一阵。这真是个密室啊，对比外头的明镜高悬,这里幽暗无光,充满着不可告人之事。她始终不敢转过头去,怕真看到梦中留下的证物,一条要蜕变成婴儿的魔鬼鱼。

那天她没到医院去探望金强。想起身体内被挖除的肉瘤,让她感到非常虚弱。而因为不要太早回家,免得家人多问,她走出诊所后,又到附近一间茶室坐了一会儿,还特别点了一碗加料的鸡丝河粉和一客焦糖炖蛋。医生说得没错,不会再想吐了。阿蛮把东西吃得干干净净,走的时候碰上一个来兜售福利彩票的盲人,她不知哪来的兴致,生平第一次买了张彩票。她把彩票细细折好,和那生命中第一张当票一起,都塞进荷包夹层里。

回去时叫了一部三轮车。快傍晚了天空还像个大鱼缸似的,亮得十分透彻。霞光桃红,由天的背面轻轻渗入,仿佛可以看见神祇款款游过。尽管空气热得刺人,踩三轮车的男人背上全是汗水,但那样的天色毕竟令人感到轻松。一切都会好起来的,肯定的。车子经过回教堂附近那浮华绮丽的钟楼时,阿蛮不自禁地哼起小曲来。

　　　　南屏晚钟——随风飘送——
　　　　它好像是敲呀敲在我心坎中
　　　　南屏晚钟——随风飘送——

它好像是催呀催醒我相思梦

它催醒了我的相思梦，相思有什么用？
我走出了丛丛森林，又看到了夕阳红。

10

当妹妹说，姐，我们是"一个"的时候，她或许不曾料想到，有一天她们会只剩下半个。以后很多年，阿蛮只要想起这一点，仍然会感觉到无以名状的巨大空虚。仿佛就那样无端端地，她失落了半个自己，是半个，而不仅仅是小腹里一颗小小的肉瘤啊，也不仅仅是胸口那已经愈合了，无人知晓的深洞。

妹妹死后，阿蛮很快变得像老妈一样迷信，也会无比诚心地敬畏着冥冥中不可解说的物事，譬如罪孽和因果。母女俩从此都认真供奉家中各个神龛上的祖宗和各路神仙，偶尔相携到庙里跪拜她们所不认识的，或来历不明的诸神佛。老爸当然是要嗤之以鼻的。家里没人和他下象棋，他晚上闲着心慌，便又抽起烟来，而且抽得那么凶，以致有了手抖的毛病。老妈不免嫌恶，却不敢大闹，冷言冷语都被她掰碎了一点点地说。终于有一回激得老爸当场把墙上的丽的呼声拆下来，一把摔到天井里。那养蜂箱似的木盒子居然比阿蛮想象的坚固，它在地上翻了两个筋斗，哐啷哐啷滚到养龟的陶缸旁，把两只草龟都吓得脖子梗了，木箱却没有散开。

那时金强快要离开了，说是要到东海岸一个远亲的脚车店里打工。东海岸很远呢，而且老爸说那里全是马来甘榜，没几个同声同气的人。再说他那右手，到底是从囤猪肉的冰箱里拿出来的啊。阿蛮没忘记当初为了这个，医院可是拒绝替他把断掌驳回去的。那真急死人了，好在卖猪肉的九公领人上去闹，老爸也跟去了，终于逼得医院临时组织了一支非穆斯林手术小队，由一个热心的华人医生和几个印度护士负责，花了大半天时间，费好大的劲才总算让断掌回归身躯。只是那手终究是不灵光了，除了没被砍下来的大拇指以外，只有两根手指稍微能动。老爸看着叹息，踏出病房门口就对老妈说，废了。

无人可及妹妹的难过。阿蛮感受到了。尽管妹妹毫不声张，依然如常做她的手工，每天给两只草龟换水喂食，也陪老爸下棋，用丽的呼声为日子灌点外面的声音。但阿蛮怎么会不察觉她的憔悴？即便她俩不是"一对"，即便仅仅是两只与她朝夕相对的乌龟，也通人性了吧，大概也能体察妹妹那隐忍的焦虑和烦忧。

金强出院的前一日，阿蛮说我们明天给他弄一餐好的吧，我下厨。妹妹微笑着用力地点头，说她也要垫一份钱。那是个清晨吧，难道是下午？阿蛮记得自己正在泡咖啡，有光穿过筛子，进入那一大壶黑似廿四味的咖啡乌，便诱出了有香味的白烟雾。她记得自己转过头去，看见光是斜的，映在妹妹苍白的脸上，竟像正逐渐把她浸透，就像在把一具肉体销蚀成魂魄。那一瞬，妹妹在人间看来如此稀薄。阿蛮怜惜地说，你多少个晚上没睡好了。

嗯。妹妹点头。姐，这几个晚上，我都梦见你；我梦见我们。

阿蛮没会过意来。她给那一壶咖啡乌加糖，搅拌它。丽的呼声在播邓丽君的歌。如果没有遇见你，我将会是在哪里。她缓下搅拌的动作，妹妹也不语了，阿蛮知道那一刻她们都在聆听。那一刻，加了糖的歌声穿过她们，她们是"一个"。

日子过得怎么样？
人生是否要珍惜？

以后阿蛮总觉得那就是最后一幕了，尽管后来她还有几个月的时间去拥抱妹妹，和她说了一些话。甚至当妹妹已经无法言语的时候，有好几个晚上，阿蛮爬上妹妹的病榻，把脸贴近她的胸腔。心跳还在，呼吸还在。然而她再也不曾感觉那份亲近了，那样纯粹地，仅仅被空气或宁静穿透彼此。而即使妹妹尚未断气，那时候，也只有阿蛮一个人知道，妹妹已经离去。

那确实是她们在一起的最后时刻了。当邓丽君唱到"也许认识某一人，过着平凡的日子"，阿蛮禁不住摇头微笑。然后她出门去干了点什么，可能去订了翌日要的烧肉和鸡。九公听说是给金强准备的，在巴刹里大着嗓门说他会留一块最好的烧腩。听他的口吻，像是不要钱的意思。之后阿蛮还到过鸡摊，鸡佬一边在给鸡煺毛，一边说阿蛮你愈大愈靓，黄蜂腰早甴肚。她记得那两个腾着蒸汽的大锅，笼子里许多待宰的胡须鸡，水泥地上的鸡毛和血水。她甚至记得曾经因为自己穿着木屐而得意了一下。

其他的，她都不太能记起来了。回到巷子里，左邻右里便从他们各自的门窗弹出半个身子，一时间，四面八方都是呼喊她的声音。嘿阿蛮你到哪儿去了你在哪儿呢你怎么去了这么久，他们送你妹妹到医院了你妹妹进医院了你妹妹啊，你家出事了你知道吗你到哪儿去了。阿蛮会不过意来，她抬头看一眼月份牌巷狭长的天空，那里一片空白，阳光如火，把云都吞食了。她用力摇晃提在两手的大袋子，依然慢条斯理地走，然后逐渐加快，再快一些，木屐声嘎嗒嘎嗒，她终于飞跑起来。

妹妹到底梦见了什么呢？阿蛮记得她说，我们。但她想知道那些梦中的细节，而不是老妈后来日日夜夜重复说的那些，下体的血，子宫长的瘤。阿蛮在医院走廊里一直背靠墙壁盯着自己的木屐和那十只相依相偎，看来纯洁无辜的脚趾。墙上的瓷砖洁白而冰凉，仿佛死亡伸出一个手掌抵住她的背。阿蛮闭上眼去感受，始终不知道那手掌是在给予抑或是在摄取。

后来她倒是常常梦见妹妹了。都是那些与记忆混杂起来的梦，以至阿蛮自己也怀疑那无非是想象而已。因为以前没有拍下照片，儿子最爱逗她，老打趣地说那姨妈并不存在。阿蛮没好气跟他辩，但流光暗换，记忆不断被岁月洗濯，她被儿子作弄多了自己也变得神经兮兮。偶尔注视着镜里的自己，她便有点恍惚，觉得妹妹像一袭幻影，如同镜中的影像。

过了火车站，行到巴士总站的栅门外，雨竟又吧嗒吧嗒落下。阿蛮连忙在路旁停下脚踏车，撑开那一把断肋之伞，马上听到雨珠急鼓似的敲打在伞面上。这可不是风流雨吧，肯定不是。

风水佬才骗你十年八年。

阿蛮往那巴士总站看了一眼。金强当年乘巴士到东海岸，便是在这里上的车。这巴士站也算历史悠久了，如今还在用呢。那些古老得随时会蹦出个什么零件来的老巴士，也依然在城中川行。每年清明，阿蛮都得和老妈到这里来挤巴士，一起到广东义山去给老爸扫墓。那是个合葬穴，老妈已有着落，像随时要搬进新屋子似的，扫墓时比打扫月份牌巷的老屋更卖力。妹妹的骨灰供在极乐洞，老妈前几年才轻描淡写地说，我下葬的时候，你把妹妹也偷偷放进来吧。

阿蛮知道老妈的意思。那是非法入住了，墓碑上将不会有妹妹的名字，她会真正地消失。有那么一刹那，阿蛮感到自己被遗弃了，她终将成为孤儿。

雨势愈来愈大，阿蛮又骑上脚踏车，想着得赶快回家。要煲汤呢。她再看一看那巴士站，想到当年站在那里给金强送行，那金项链一直揣在兜里却没有还给他。两人不知怎么好像突然生疏了，都觉得有点尴尬。半个钟头什么都没说上。倒是金强提起梦的事。他说前一天夜里梦见她们姐妹俩了。在那梦中她和妹妹都双腿完好，穿着相同的衣服，烫了一样的头发，并且牵着手出现在他面前，一定要他把她们辨认出来。

阿蛮听到这儿忍不住扑哧一笑。可直至金强走上巴士，在车厢里向她挥别，她也始终没敢追问，然后呢？你认出来了吗?

阿蛮敢肯定了,这确实不是风流雨。她稍微调整了那伞的位置,往胸腔深深吸进一口气,然后便开始发力,迎着风雨疾行而去。

猜猜看,我们谁是姐姐,谁是妹妹。
你猜猜看啊。

卢雅的意志世界

尽管有生辰八字,可以准确排出命盘来,可是我总觉得她不是个真实存在的人。我是说,如果这些年来我所在之世,或我所意识到的人与事就是所谓的"真实世界",那么卢雅仿佛是活在另一个平行的世界里的人。

我说的是她,卢雅。

火性的卢雅,女身,一九七一(亥)年人,十月廿一日寅时生。

尽管有生辰八字,可以准确排出命盘来,可是我总觉得她不是个真实存在的人。我是说,如果这些年来我所在之世,或我所意识到的人与事就是所谓的"真实世界",那么卢雅仿佛是活在另一个平行的世界里的人。

但是我清楚知道,卢雅看了这开头肯定会笑,她才不在意哪一个世界能谓之"真实"。

我希望卢雅能读到这篇小说。假设此时她在香港，她大有可能会拿到这一本二〇〇一年五月号的《香港文学》。我是说，如果她依然像年轻时那样喜欢阅读，如果她后来读到的文学作品不至于令她太失望，我想她还是很可能会花钱买《香港文学》这一类月刊。

说到阅读，卢雅是不折不扣的杂食动物。她倒也不特别看得起文学，尤其是在发现了文学的虚无以后，她显然有意无意地渐渐疏离了文学读物。我知道她有一段时期特别沉迷推理小说、旅游杂志、心理学论著，也迷恋过面食类的食谱。

打从卢雅毕业离校后，我就再没见过她了。她自然不会参加校友会，她也不是那种会与旧同学聚会，让别人有机会打听她的八卦的人，我想她甚至不会多愁善感地去怀念母校。她是从另一个世界来的探子，一个观察员，或一个生物学家。这个现实世界于她已无任何秘密可言，因而她也就不感兴趣了，于是她便像是人间蒸发，这么多年一直没再出现。

我也不曾闻说，学校那么多师生中有谁后来见过卢雅了。

但我有时候会忍不住怀疑，卢雅这人很像是虚构的，她也许从未离开，只是因为我变得比以前更庸俗昏昧，连自己的本来面目都已看不清楚，所以才不复得见这人物。

记得卢雅曾经问我："如今，在这城里，你还有见到放牛的人吗？"

没有。

我经常可以看见牛群在住宅区或高速路的绿化带上行走，黄牛，水牛，大的小的，它们总是放肆地横越马路，也会随处拉撒，在路正中留下一坨坨新鲜多汁高纤维的土制地雷，完全无视城市的尊严和律法。然而我确实许多年没见过牧放牛羊群的人了，多年以前，他们是手执藤条行走在牛群间的锡克孩童或印度少年。而今天，那些牛像是有内置的导航仪，"牧童"已经是个被社会退化了的名词，谁还见过他们呢？

"可是他们一定还在，否则牛群何以知路，知时？"卢雅笑，"这地方是先进多了，但牛始终没怎么进化。"

因为想起卢雅这般笑语，我便一直抱着某种侥幸似的期许——卢雅还在，在我们当中。

1

我最初看见卢雅，她在窗外。

那是很多年前的事了。所有在阅读这小说的人都得把时间逆向推前一些，再往前一些，再一些。

对，就停在这个点上。看见晨光了吗？神谕般渗进幽暗的斗室里。

故事里有一扇百叶窗，我去打开它。窗外有许多年前的风景。"许多年前"是个能马上辨认出来的概念，因这窗外的景观里有一棵巨大的木瓜树。如今在这城里，哪还得见这种丑陋的、非观赏性的植物呢？况且它还长在人家的后院！

"后院种了木瓜树的人家"毋宁说是一幅历史画面，现在它看来已有点泛黄了。当时，十二岁的卢雅叉腰站在树下。

即便在随处可见木瓜树的年代，卢雅家后院那棵木瓜树终究是非比寻常的。它十分粗壮高大，那些火焰状的绿叶已碰触到二楼屋檐的水槽与屋瓦了。这木瓜树还硕果累累，数不清的青绿色洋梨形果实挤在树干上半部，它们看来像松弛了的大大小小的乳房，以至这木瓜树的形象充满母性，像一个千秋万世哺育过无数子孙的庞然怪物。

巍峨的母亲，世世代代屹立不倒的母亲。

在这巨树的衬托之下，卢雅显得特别瘦弱，她那两个妹妹就更别说了。九岁的大妹妹瘦如败柳，当时像在课堂上忽然被老师点名叫起来似的，有点不知所措地站在卢雅身后；六岁的小妹妹抱着一个邋遢的布熊蹲在后门的门阶上，早产儿的体质与黄疸病的侵蚀让她那张小脸看来像一个因病害而过早发黄的小木瓜。

只要看过她的两个妹妹，卢雅的形象就会变得坚实起来。她昂起棱角分明的脸，我居高临下，看到的是老木瓜树慈悲地俯视她，就像它正抱着整个家族所有嗷嗷的儿孙在与卢雅交涉。但卢雅不为所动，她左右上下地将木瓜树打量了一番，举起右掌轻轻拍了拍树干。

这动作，像是在对木瓜树说，对不起了，老伙计。

那个上午，卢雅几乎凭她一己之力，再加一把木柄菜刀，就把这城里最壮大的一棵木瓜树放倒了。我听到木瓜树用它那肥厚多汁的躯干沉默而顽强地抵抗，许多次紧紧叼住了卢雅的菜刀。但卢雅聪明地在这些经验中学习，到后来愈砍愈顺手，老木瓜树再也咬不住她的刀。卢雅的大妹妹始终找不着自己的位置，她围着木瓜树团团转，偶尔笨拙地伸手帮忙，让木瓜树顺着她们理想中的方向倒下。木瓜树无可奈何，它拥护着所有乳房缓缓折腰，终于颓然倾倒，并且压坏了卢雅家的铁丝网篱笆。

树倒地时发出声响，储存在树篷里的阳光哗然倾泻，一整条巷子两排房屋都有人从各自的后窗鬼鬼祟祟地张望。

接下来的功夫可不少。卢雅仍然凭借那一把菜刀，把倒下来的木瓜树分成好几截（毕竟有结满乳房的半截树干越过篱笆，横尸后巷路上）。大妹妹受命把那些体形较大的青木瓜摘下，堆叠在一旁。小妹妹则把布熊放在门阶上，走过去帮忙把木瓜捧回家。她从房子里拿来一顶草编的宽檐帽子，把它套在卢雅头上。

处理木瓜树的遗骸费时小半天，过程中卢雅得多次换手执刀，有时候也会双手握住刀柄，咬牙切齿地将木瓜树截肢。大妹妹听从她的指挥，拿了小刀把木瓜树的叶子逐一割下，小妹妹亦兴致勃勃，拿起两柄木瓜叶当扇子当旗帜，朝空中挥动。绿色的火焰哗哗飞舞，宣告了一棵老木瓜树之殁。

卢雅家后院就那几平方米土地，木瓜树被伐后，后院腾出的空地大可以有别的用处。譬如种些菜心、指天椒或斑斓叶吧！只是后来那后院一直没什么动静。半塌的网状篱笆未被修复，篱笆内侧堆放的树干逐渐干枯，地上的野草饮阳光雨露而疯长，很快将木瓜树的痕迹与历史覆盖。

谁还会记得呢？连我都逐渐忘记。那里曾经有过一棵木瓜树，它高大，骇人，仿佛再长下去终有一日直捣碧落。

2

那木瓜树，以后依然屹立在卢雅的梦里。我读过卢雅写的那些关于"梦"的文章，它偶尔会被提起。卢雅的梦是一个时光被冻结了的世界,许多被人们遗失了的视野和景观都完好地保存在里面。梦里的卢雅永远是个孩子,身子轻盈,奔跑起来飞也似的,还能像个跨栏高手,一跃便跨过了高及腰部的木栅,把放养在院子里的家禽惊得扑扑乱窜。护院的一对大灰鹅噪鸣赶至,卢雅大踏步往院子正中的伞穹大树直奔,几乎像人猿,三攀两甩,荡一荡,便把自己掷到树上了。

那是另一棵树,无人确知其名称与科属。因树叶长相与木薯叶子近似,卢雅的母亲便管它叫"假木薯树"。卢雅看过的真木薯是两三米高的灌木,有茎无枝,土中的根既是因也是果。与之相比,那棵假木薯树如乔木般粗壮高大,叶茂枝繁,虽壮观而无食用价值。

成年以前,卢雅的生活过得飘荡,为着父亲长年在外地,花钱的恶习不少,工作又屡屡出状况,她们一家为了逃债已不知搬迁过多少次了。卢雅记得她与母亲与妹妹住过高脚楼、工地里铁皮棚顶的木板房、单层排屋,还有一小段时期住进过半独立式的复式旧楼。

可因为那一棵假木薯树,卢雅最中意的始终是她八九岁时住过的新村屋。那房子长年出现在她的梦中,梦中一切保存完好,一草一木都在原处。那是租住的房子,家徒四壁,本没什么特别,只是房屋外头有个极大的院子;说来也只是个用铁丝网围着的荒园,像是许多年前已被某先民画地割据。

卢雅一家搬进去时,那里满院丝茅杂草,荒地中央轰然立起一棵假木薯树。记得当时天旱,草色疲尽,唯独那树葱茏得过了头,仿佛它征收了地里所有的精华。树的主干从地里拔起,往上长出两米左右便八方叉开,深绿色的叶子蓬蓬而生,像无数裂掌将树上的枝丫团团遮蔽。

以后两年,那树成了卢雅的王国。母亲把荒废的院子整理成农庄,甘蔗亭亭,鸡鸭成群;木薯埋于土中,篱笆上缠着翠绿的四棱豆,草地上也曾出现过冬瓜与指天椒。因为是租借之地,卢雅的母亲无意长期收获,便不曾种植果树。因而院中的假木薯树巍巍屹立,宛若一方霸主。卢雅下午放学回家后,趁母亲不在,便喜欢换上T恤短裤,爬上树去坐着发怔。每次落地之前,她总会尽量攀到高处,找一根枝条立足,半个身子钻出树梢,像个盯梢的山番或猴子,游目眺望远远近近许多高高低低的房顶。

"那时候,你在哪里呢?"在卢雅的叙述中,突然蹦出这么一个句子。我心里咯噔响了一下,我在哪里呢?

也许我就在卢雅看见过的某座房顶下。她看见远处那一栋橡胶工厂,高高的烟囱把恶臭的白烟释放到天上;她看见房脊与房脊之间冒现的果树,红毛丹、杧果、椰子、波罗蜜,还有附近人家院里的鸡屎果、红毛荔枝和木瓜,以及在阳光与微风中招展的凤仙、九重葛与晾在篱笆上的花衣裳。她家的鸡鸭在树下的浓荫里叽叽咕咕,还听得见远处荡来一两下有气没力的狗吠。世界一览无余且十分寂谧;时光轻快如风,岁月的调子却慢悠悠的。卢雅觉得自己就像是一座废弃之城中唯一的留守者,这树是她的城堡也是哨站。她眺望大路拐弯的那一头,等着骑脚踏车的母亲在静寂的公路上浮现。那时多半是下午三点多,狂暴的光,腾着热气的路,颤抖的渺小的母亲的身影。

以后,这些消失了的一切经常出现在卢雅的梦里。那农庄般的院子当然不在了——她们再次搬家,在邻近的卫星市租了一间狭小的排屋。卢雅后来有机会路过,发现那房子被拆掉重盖,院子全铺上水泥,寸草不生,曾经雄踞在那里的假木薯树丝毫没留下存在过的证据。新搬进去的人家拿几个瓦罐种了些不像样的盆栽,沿着新建的螺旋瓶石屎篱笆疏疏落落地摆放。

此后几度迁居,租来的房子都偏小,且都坐落在住宅区内,卢雅的生活便没了那些童话才有的诗意——头脸上结着肉瘤,目光慈祥如同家族长老的火鸡;忠心护院驱蛇,同时也恶意追逐小孩的大灰鹅;透着雨味的鸡屎,带草青味的晌午时的阳光。

3

卢雅十二岁那年,父亲在外地的工作又搞糊了,还欠了些债;焦头烂额的,实在掏不出家用,又怕被女人数落,便连家里也不敢回去。卢雅的母亲难为无米之炊,只好找了个周末拖着三个女儿坐两小时的巴士回娘家向姊妹借钱。

母亲让卢雅带着妹妹坐在厅里,大中小,抖、累、眯;三人排排坐在一张双座藤椅上。无人给孩子招待茶水,卢雅便有预感此行不会顺利。大抵是嫁得不错的姨妈摆了些姿态,说了些奚落的话吧,母亲掀开门帘从房里出来时,眼眶明显是红的,脸色如铁,紧咬牙关。回程时母亲一直拧脖子瞅着窗外,两个妹妹争闹她也不回头看一眼。

卢雅知道母亲偷偷在以手背拭泪,她先瞥见那手背上的湿痕,目光便沿着手臂滑上肩膀,再溜到母亲的发与窗玻璃上。车窗满布雨痕与尘埃,上面浅浅地浮映着母亲愁苦的面容。

说来奇怪,卢雅与母亲的关系一直若即若离,从未十分亲近。也许是因为母亲总爱打骂她;为着各种不足道的琐事,用上随手拿到的各种鞭杖。卢雅也明白,母亲有太多积郁必须发泄,而两个妹妹显然太稚嫩太脆弱了。她倒是像母亲，从小透着一股村野女子的刚毅。天晓得母亲是否为此而特别气她呢？卢雅自己却也偷偷生母亲的气，那是鄙夷，愤然，恨。她恨透了车窗上的这张脸，哑子吃黄连般背人垂泪的脸。

比之母亲，卢雅有一股骨子里透出来的蛮劲。从十岁起，她已不怕挨母亲打了。打她吧！她不闪不避，睁大眼睛直勾勾地盯着母亲看。她的眼，锥子一样锐利，却又那么深邃，愈往里看愈看不透，像同时含着厌恶与怜悯；她不吭一声，嘴角偶尔溢出一点讥笑，这态度让母亲感到恐惧极了。

因此母亲便不敢再打她。这孩子，打她只会让人心虚。母亲甚至怀疑卢雅被打出毛病来，可她不晓得卢雅仅仅是突然起了某种信念，就像她真相信有人单凭注视就能拗屈铁匙羹那样，她也相信只要够愤怒了——让心里的火焰上升到某个超越人类极限的程度，即便是肉身凡胎吧，也有可能目眦尽裂，突然脱胎换骨，变成恶鬼罗刹或绿巨人浩克。

而这样的卢雅倒让母亲放心托付。自那次在娘家受了气，母亲回到家后痛定思痛，马上着手安排到台湾跳飞机①的事。那时跳飞机是风潮，母亲看过衣锦还乡的人，况且那时还有其他几个同等悲情的妇人与她结伴。临走那一日，母

---

① 跳飞机，地方语，指在国外逾期逗留，非法打工。

亲把家里的事交付卢雅，当时母女俩在厨房里，母亲把砧板横在饭桌上剁洋葱，卢雅倚着锌盆在剥虾壳。虾子很小却很多，卢雅觉得再厌烦不过，生活中老有这些琐碎而无休止的差事。剁洋葱的声音，笃笃笃，母亲的哽咽，呛鼻的催泪的味道。她抬起眼看窗外，后院的木瓜树挺起躯干炫耀它簇拥的花果，巷子里的阳光被它举掌拦截。卢雅的视线穿过叶隙，看见对面房子楼上的百叶窗。那窗半开半阖，窗内无明，如房之惺忪睡眼，又如大佛脸上的睥睨。

这些，我不曾看到。我没看到卢雅的不言语，她的母亲歪着脖子把泪印在袖子上。但或许有一刻我与卢雅一起注视着一只在后巷闲逛的花猫。那猫似无拘束，平日惯以野猫姿态出没，但巷子里至少头尾两户人都以为他们是猫主，故而那猫左右逢源，养得特别肥美，脸上总挂着十分自得的神情。

卢雅不喜欢猫，但她喜欢观察它们。就拿这一只猫来说吧，虽品行不端，神态可恶，但它像扑克牌中的小丑，有点滑稽，充满生存的智慧与行为的飘逸，这后巷便是它的剧场。而我从我的窗里看出去，只觉得那猫再普通不过，它慵懒地踩着猫步，或而翻墙，施施然来去。

当天夜里，卢雅的母亲出发了。卢雅与大妹妹走到楼下来给她送行。母亲提着她当年投奔父亲时携带的行李箱，出门前一再回过身来对卢雅叮嘱这事那事。她握住卢雅的手腕，掌心是冷的，卢雅这才感受到母亲的害怕。那是母亲人生中第一次乘飞机出远门，飞机呢，多么遥远。身边的大妹妹像是感知了离愁与生活的未可知，忽然嘤嘤哭起来。卢雅回身一瞥，泡在灯影里的妹妹看来像一个湿透的洋娃娃。她这才感受到气氛的凝重，以及那种会让她的肢体变得僵硬的感伤。母亲摸摸妹妹的脑门，嘱她乖啊，要听姊姊的话。

那一夜其实很平静。母亲挤上来载人的小货车，挥手离去。卢雅锁上门，熄了灯，就着楼上泄出的余光带妹妹走上楼。床上的小妹妹未被惊动，仍然侧身酣眠，窝在那一床乱被，以及那混沌得像创世尚未完成的梦中。大妹妹钻进被窝，在小妹妹身边躺下。卢雅替她们拉上毛毯，在窗下捡起了被扔到地上的布熊。窗外的木瓜树把叶梗伸展开来，如观音之千手，更像一只庞然的母蜘蛛大张八足，霸占了她们的窗，似要凑前来观看窗里的人生。卢雅斜倚窗棂，与欺近的蜘蛛对视。月光粉末似的洒在木瓜叶上，浑体荧荧的大蜘蛛，附窗叨白花，如童话书里爬出来的神物，慈爱，温柔。

猫走过。不像游荡，倒似夜归。卢雅盯着它，觉得像是屏息等待着这世界缄默许久以后的情节和对白。月亮很远，光照微弱，或许光都让栖息在窗花上的蜘蛛吸收了，它的许多乳房在月光中徐徐鼓胀起来。卢雅揉一揉眼睛。除了长大，她不知道自己还能等待什么。

4

在邻里街坊的印象中，卢雅向来是个很不讨喜的女孩。木瓜树被砍倒后的翌日，有几个妇人曾试着向卢雅讨要青木瓜。她们家新摘下来的木瓜半生不熟，大小适中，正适合切片腌制。加一把剁碎的小辣椒，装在密封的玻璃罐或酱瓮里，两天后能吃，咬起来脆脆的，很能开胃醒脾。

妇人们装着来打听前一天夜间的事。"我听到你们的叫喊。我当时想啊，这家孩子不会是鬼上身吧？"因为脑中有一瓮腌木瓜，她们说话时便觉舌腔生津，忍不住猛咽口水。

大妹妹回身，昂起脸来看一眼姊姊。卢雅没丝毫踌躇便——回绝，且无托词，摇头便是。尽管她也脸带微笑，但那不易察觉，说清楚了只是一抹冷淡的笑影。被拒的妇人们因而在背后议论，都说这女孩乖张，戒心重，小气，不近人情。

母亲在台湾打工期间，卢雅家有钱按期交房租，那两年便一直住在那双层排屋里。母亲娘家有个表妹偶尔会来探望。这阿姨几年前曾在卢雅那农庄般的家里借住过半年，算是与卢雅家最亲近的一个娘家人。她儿时在家中的橡胶作坊玩耍，不慎被打翻的硫酸毁了容貌，长大后难免自卑，有点僻性。卢雅倒是喜欢黏她，虽然她也像其他人一样觉得这阿姨丑陋，也会忍不住定睛去看那丑陋本身的细节——脖颈上层层交缠的皮肉，多像树的盘根错节。它们由胸肩攀生，吞没了阿姨的脖颈与下巴，再蔓至下唇，爬上左脸颊，将她的大半张头脸嵌在上面。这使得表阿姨不能灵活转动脖子，说话也有点结巴，鼻音重，似乎舌根被什么紧紧揪住。

卢雅不禁心中惊叹，这真像童书插画里的"树人"！会说话的树木，大自然千年一孕的精灵；腼腆的笑，温柔的眼神。她因而对这阿姨很有好感，觉得她或许会像故事里那些懂人语的草木及动物那么简朴温和，胸口有个可以装下许多秘密的大洞，善于聆听，能读心。

卢雅对树人阿姨的依恋是罕见的，连母亲也十分纳闷，向来木讷的阿姨更不知该如何回应。毕竟卢雅本是个不容易亲近的孩子，她只喜欢看书，家里能找到的书都被她翻烂了，而且她喜欢独自躲在树上，上半身隐藏在郁葱葱的叶影中，两条瘦腿在枝丫下晃呀晃，像是心思也摇啊摇，难以捉摸。

"树人阿姨。"卢雅有时候会这样喊她。表阿姨在树下喂鸡，她抬起头来，看见卢雅像蝙蝠似的，屈腿，将自己倒挂在树上。

"为什么叫我树人阿姨？"

卢雅双手在胸前交叠，目光狡黠。"噢，十年树木，百年树人。"她说。

表阿姨没念过书,她听不明白。这孩子鬼灵精怪,书里的世界和树上的世界都是她的私人空间。

这样的孩子也有不可理喻的感情。树人阿姨后来托人在南方城市找到工作,离开卢雅家的那一日,卢雅穿着校服坐在厨房里吃阿姨炒的蛋炒饭。她始终没说一句不舍的话,母亲叫她去跟阿姨道别吧,她头也不抬,衔在嘴里的饭也没咽下去,珠泪涟涟,无声地坠落在炒饭里。那些泪和那宁死不屈般的沉默都令人不解,阿姨有点尴尬失措,她对表姐说,你这孩子真不像个孩子。

那天下午,树人阿姨走了以后,卢雅像往常那样爬上假木薯树。她在树梢上张望,有点风,风里断断续续传来一个老者沙哑的、用客家语叫卖榴梿的声音。她看到路口那里有一对黄狗在大太阳底下交媾;一个高高瘦瘦、头戴草帽手执藤条的印度少年赶着七八头羊走在路旁的草地上。世界还是老样子啊,不是吗?但人们离去了不再回来,几乎像消失了在这世界以外的世界里。

在写到树人阿姨的那篇作文里,卢雅提到一二年级时,她在学校唯一的朋友。那是个眼睛有点斜视,眼神总是很空洞的矮个子女同学,皮肤白得像刚粉刷过的墙。她每天穿着过长的校裙坐在从未喷过水的喷水池畔,上课铃声未响便已经把为休息时准备的便当吃光。下课时卢雅将自己的饭菜或面包分与她，有的时候卢雅自己忘了带便当，会试着从书包里搜括出一角几分，买一小包零食两人分着吃。要是真找不出钱来，她们就都不吃，却仍然结伴坐在池边，托着腮，静静看着眼前那不断变焦的不准确的世界。

两人几乎不需要语言，她们每天一前一后地走到喷水池畔，好像只是两个凑巧坐在一起的不相干的人，又像一对十分熟悉且彼此信任的老朋友。学校放假的时候，她们好一阵子没见上面，卢雅亦未觉得想念。

三年级开学后，这同学再没有到学校来了。卢雅没去打听，也不知道该向谁追问。班上没有谁提起这人，就像那只是一小块冰，如今融掉了。卢雅下课后依然坐在她们以往相伴的地方，渐渐忘记了她与那朋友之间使用过的简单语言，渐渐地也就忘却了她的姓名和其他。

只记得她的纯白无色，她的斜视；也记得有一次她们共享了便当以后，这女孩神情郑重地从衣袋里掏出几枚硬币来，买了两根冰棒与卢雅分享。

5

卢雅原以为树人阿姨终究也会像这位被她忘记了名字

的好朋友一样，将无声无息地融解在外面的人海里。但树人阿姨并未走远，她当家庭帮佣，几年内换了三个东家，终又被流动的时运际遇辗转送回到附近的市镇，与卢雅家隔得不远。卢雅的母亲因而相托，嘱表妹休假时多往她家走动，看看"三个可怜的孩子"。

时隔数年，卢雅是个小少女了，不知这些年又读了些什么书，与树人阿姨生疏了不少，对待她不再像以前那样亲昵，虽也递水也斟茶，唯已无体己话可说。

树人阿姨一般不久留，说的话也多平常，无非是重复的问候与叮咛。她也问起她们的父亲——自从母亲不在，他更少回来。阿姨一般不作任何评价，她站起来，循例把房子前前后后巡视一遍。一切如常，只觉得原先昏沉的小厨房敞亮了不少。她将手中的茶杯放到锌盆里，看见水龙头后面的窗阀上挂了个装厨余的塑料袋，里面的红斑虾壳招引了许多馋极的苍蝇。那些虾壳像是诱饵，请君入瓮后再把袋口紧系，打了个死结，将惶恐的苍蝇一网打尽。

她没洗杯，只是透过打开的百叶窗看看后院。木瓜树被伐下以后，小小的后院看着荒芜，鸟也不飞来了。

"那时你在哪里？"卢雅写着写着，无端端又蹦出这问句来。

我吗？我在故事外面，在窗前。周末无所事事，正无聊赖地要消解午睡醒来后的勃起。没了木瓜树的遮挡，卢雅家楼上的窗口看似欺近了不少。两扇窗正面对视，让我感到一种与陌生人四目交投般的尴尬。可因为知道对面的房子里只住了三个小女孩，这种对视又让我产生无法解释的亢奋和期待。我拉上窗帘，但两张布帘左支右绌，中间留有缝隙，闪烁着对面窗玻璃上反射的阳光。我站在窗前，在光影的投射中自渎。卢雅家房子的画面摇曳不定，光影沙沙作响，像手摇摄影机拍下的影像。

那个夜里发生的事，卢雅对树人阿姨说了。她说得简要，只是白描事情的经过，三言两语，像小妹妹稚嫩的童笔，仅仅在纸张上勾勒线条。由于她那样地轻描淡写，事情听起来就不那么严重，还稍微有点恶作剧般的荒诞，也因荒诞而产生喜感。毕竟事情已经过去，无人被害，作为"祸首"的木瓜树也已经被处决，树人阿姨不禁莞尔，轻轻拍了拍卢雅的肩。

卢雅对于安慰没有反应。她把两罐腌木瓜放入塑料袋里，让阿姨拎走。腌木瓜是她亲手泡制的，把十几个青木瓜削皮剖开掏籽切片，两个妹妹负责清洗家里找到的所有瓶瓶罐罐。砍倒了木瓜树后，卢雅的臂膀与手腕连续数日疼得发颤，连握笔抄写都十分吃力。她为此旷了两天课，事实上母亲走后的半年里，旷课于卢雅已经成为平常事。在卢雅眼中，旷课没什么大不了，她总觉得那与"逃学"不可相提并论。对于定义两者，她有一套不经人传授的理论——"旷课"仅仅是留在家中不去上课而已；那些穿着校服假装到学校上课，却在校门前开溜，转到别处去游荡和玩耍的，才能称作"逃学"。

卢雅的班上就有几个男同学喜欢逃学，尤其喜欢逃掉周六的半日课外活动，跑到浊水滔滔的河边去戏耍，或到附近的百货楼里顺手牵羊。他们把一堆精致的橡胶擦、铅笔刨和六英寸长的塑料尺藏进书包里，周一时带到学校暗中兜售。他们销赃的对象多是家境比较好的女生，那装着许多"精品"的塑料袋在班上流传，偶尔会途经卢雅的座位。她始终喜欢那些彩虹纹的橡胶擦，尽管造型简单，非圆则方，但通体彩虹色纹鲜明有致，略感通透，像九层糕，有一种甜食的芬芳。

彩虹纹橡胶擦毕竟是奢侈品，卢雅以前只有奢望的份儿。后来她用母亲汇过来的伙食费偷偷给自己买了一方块，却不慎被大妹妹发现，她只好另外再买一块圆的放到妹妹的铅笔盒里。直到以后两块橡胶擦用得不成方圆了，她们才转让给小妹妹，连同其他用残了的文具——顶端没了橡胶擦，短得再不宜使用的HB铅笔；刀片已经钝锈，削笔时会让笔芯在笔杆中肝肠寸断的铅笔刨；缺红短绿的帆船牌十二色颜色笔或熊猫牌蜡笔；所有"连连看"的游戏俱已被完成了的着色本……诸如此类，全都放到小妹妹的"工具箱"内。

卢雅当家，最不能把持好的便是家中的财务。她们三姊妹总有许多梦寐以求的小事物，以及母亲绝少允许她们买的那些可望而不可即的零食。卢雅还偷偷到学校后面的书报社买了不少读物，《小读者》《少年乐园》和好些日本漫画，偶尔也买《老夫子》和玉郎集团的连环图。这些书，卢雅一看再看，翻破了也舍不得移交给妹妹。她把自己的书和母亲以前买下来的中国民俗与神话故事连环图，分别放在两个纸箱里。那些旷课不上学的日子，她便盘腿坐在客厅的风扇底下，津津有味地重看她心爱的《小叮当》及那些笑过以后还能神经质地再笑几回的四格漫画。

学校的老师对她的旷课并未过多诘责。反正卢雅一问三不答，明明眼神很伶俐很清澈，说话时却像个迟钝儿。每逢问话，她只会睁大眼睛，抿着嘴，沉着地承接老师的目光。看过她那个样子，老师们无一例外地都觉得卢雅的安静有一股震慑力，似乎里面有某种坚贞的凛然的信念，叫人不敢逼视。

这些老师当中有人试过与她"交锋"；眼瞪眼，而卢雅的眼睛有如退潮时的海洋，愈往里看愈心悸，像是再看就要被吸进深海了。老师们有点失措，禁不住移开目光。

但卢雅毕竟不爱生事,她的学业成绩也还可以,中等生,功课也几乎都交齐。因为不会给老师制造麻烦,便无人想去挑剔她的不合群和无法形容的怪异。再说卢雅的父母像不存在似的,一年到头都难以联络上。即便是学校年中长假前的"家长日",卢雅的家长也从未曾露面。

有个老师还记得卢雅念一二年级时,连班上唯一的唐氏儿学生家里都有人来了,那唐氏儿跟在父亲身后,临走时回过身来朝卢雅挥了挥手。卢雅不作反应,支着腮凝视他们离去。

"卢雅,你爸爸妈妈不来吗?"那老师以指节叩叩桌面,那时候课室里没剩下几个学生了。

卢雅摇摇头。

母亲说好不来的。学校那么远,乘计程车来回得多少钱?而且家里事情一箩筐,襁褓中的小妹妹是个大累赘;至于父亲,他总是不在。卢雅全都听明白,家长不来,意味着她不能像其他同学那样提前离开,也意味着老师不能提早下课;老师会频频看腕表,问你爸爸呢?妈妈呢?不来吗?

她明白世上有好些事情不为她一个人的意志所动。有好些事情,譬如她无论怎样集中志注视门外,无论注视了多久,也不可能把母亲的身影唤来。那也许需要更多,或拥有更强大的特异功能才能办到吧?

卢雅伏在桌子上，一再梦见那样的情景——母亲来了，穿着木屐，怀里抱着小妹妹。梦境不同于意志世界，卢雅感知到"梦"的虚无、荒谬与逻辑不通。母亲手上还提着她平日拌饲料的塑料桶；妹妹的小脸上斑驳着涕泪，很邋遢，像刚从母鸡屁股下抢过来的新鲜鸡蛋。

于是卢雅知道那不过是梦，梦是"现实"的反义词，是生活里永远无法抵达的彼岸。她在梦中用力地盯着母亲和小妹，把她们与梦一起看透。于是她们就像电视上劣质的影像那样连连闪烁，然后消失。卢雅有点悲伤，这念力多么凶猛，在梦中也能将自己的梦想驱逐。

老师把卢雅摇醒，她抬起头，擦掉嘴角的垂涎。现实世界是好几层叠影，分解后又重新整合起来。课室里再无其他学生，外面有郁闷的雷声。老师说，卢雅，放学了。

卢雅最讨厌家长日，放学时校园总是冷清清的，大门外等校车的学生像被遗弃的孩子，七零八落，谁都提不起劲来玩他们的弹珠或纸牌。校车上也难得地清静，开校车的大叔一次一次察看望后镜里那些落寞的孩子。他们各据一隅，像是互不相干的孤魂。卢雅倚靠车窗，侧脸，引得人不由自主地也往窗外一瞥。外头雷鸣滚滚，世途颠簸。

6

下雨是好的。最好夜晚时电闪雷轰，狂风作，雨霍霍。那样的夜，世上所有的歹人凶徒想必都只会待在被窝里，不会甘冒风雨出门作恶。卢雅和妹妹也就不必担心再有唐突的闯入者。

自从木瓜树事件以后，两个妹妹晚上都移到隔壁卢雅的房间，姐妹三人挤在一张双人床上。有时候卢雅会拿了枕头、抱枕与毛毯，在床畔打地铺。她总得有个可以看书的地方，而且那阵子她迷上武侠小说，那可是会叫人废寝忘食的读物啊！读《天龙八部》的那一阵，她有两个晚上几乎没阖眼，鸡啼后照常洗漱，然后趁着天色半暝，争取时间在校车上小憩。

放学后卢雅回到家里，念下午班的大妹妹已经骑脚踏车到附近的小学上课去了。小妹妹一般正在午睡，或是趴在客厅地上涂写什么。工具箱是打开着的，周围散落了许多残缺破旧的绘本与文具。小妹妹也和两个姊姊年幼时一样，喜欢在随手拿到的任何纸张和住处的墙壁上画充满几何美感的"火柴人"。他们大大小小，肩并肩或手牵手。喏，这是爸爸这是妈妈，大姊，二姊，我。

在那些涂鸦里，卢雅飞快地长大，那时候她已经与母亲等高了。小妹妹喜欢将她安置在母亲右侧，两人都有特大号的圆脸，与身体不成比例，脸上的笑容同样僵硬和扭曲。父母两人之间则总是隔开老远，看似腼腆，又似乎庄严。卢雅与母亲则若即若离，虽十分靠近，却从来不触碰彼此；两个妹妹尺码相近，一般置于前排或卢雅之右，携手同巧笑。

在小妹妹画的"全家福"里，后来出现了那个与她们一家毫不相干的人。那是个纯粹的赤条条的"火柴人"，由头上长着的数根竖发标签为雄性。他摊开四肢，"大"字形一样站在卢雅一家人身后，却有违透视法地画得特别清晰和高大。小妹妹似乎想要强调他脸上的细节，却因为太使劲了，使得这人的表情显得尤为怪异。卢雅盯着这张脸，就是他吗？那个"指引者"。那一晚他攀上卢雅家楼上的后窗，赤足如有吸盘，两手抓紧铁窗花，像一条巨大的断了尾巴的壁虎。

那时卢雅一个人在楼下读《笑傲江湖》，那人翻过她们家后院的矮篱笆，悄无声息，以壁虎功沿老木瓜树的躯干攀游。

卢雅交上来的辅导室作业中，有一张题为"魇"的水彩画，画的不就是一条臃肿的断尾的蜥蜴吗？卢雅想象那本来就只是一条小壁虎，在爬至楼上的窗口以后，才突然膨胀成一个成年男子形状的怪物。他也有着男人的脸与五官，以及男人的恶与欲求。他屈指抓住窗花，身后的木瓜树像一只大蜘蛛把他高高托举。在蓝色的银色的薄薄的月光中，那男人对房中酣眠的小姊妹注视了多久呢？小妹妹翻一个身面向窗口，那人轻声唤她。

喂，喂，喂！

床上的小女孩睁开眼，躺在那里怔忡了一会儿。是梦吗？夜很潮湿，雨在云里囤积。她的额头与脖颈密布汗珠。她闭上眼睛，睁开。

那人还在。

嘿嘿，那人笑。"小妹妹，你看！"说着他腾出一只手，往下指引女孩的目光。

混沌初开，创世完成。光有了，万物有了，神的形状有了，伊甸有了。小妹妹像刚刚钻出母体的婴儿，被人倒悬着往背上重重击了一掌。

她张嘴大哭。

大妹妹因而惊醒。她倒不哭，而是喊，那么凄厉，一声催一声。楼下的卢雅觉得夜像绵纸似的被这尖叫狠狠撕裂。她不知为何先想到蛇，蛇的阴险与狰狞，剧毒的獠牙；蛇钻进妹妹的被窝里了。她从藤椅上弹起，什么事？

"有人——窗口有人！"大妹妹用喊的回答。

卢雅无法想象。楼上的窗口？一个攀檐走壁的飞天大盗？她扔下手中的书本冲上楼，在梯阶上边跑边呐喊，救命！救命！

救命！大妹妹跟着喊。

小妹妹仍然在哭泣。

"那时候，你在哪里？你们在哪里？"卢雅问。

在她交上来的每一篇作业里，我都看见这问题。那些童年时候的事，那些噩梦，那些幻梦破灭的时刻，仿佛她都认定其时该有其他人在场。然而世界没有像她所想象的那样，发出声音来回应她的呼求，而是背过身去，迅速退出她的世界，隐匿在暗中静静窥视。

那时候我在的。我听到女孩们尖叫的声音，却恍惚以为是梦。卢雅在喊救命，有贼。暗室中的蚊蚋因为氤氲了几个晚上的雨兆而骚乱，卢雅家传来的惊叫更让它们不安。于是它们将尖长的口器伸入我的颈中，取血之余，也将痛楚输入。

我睁开眼睛。

正如卢雅形容的那样，呼喊声十分尖锐，针也似的，将厚厚雨云所笼罩的静夜狠狠扎穿。

我爬起床，拉下窗阀，稍稍张开故事里的那一扇百叶窗。月光愈来愈浅，我和人们都站在窗边，透过窗玻璃间的缝隙,在微薄的月光中凝视卢雅家亮着灯的二楼后窗。那里有一个所有人都知道,却一直没有人说起的故事,我们围观她,像观看午夜时一场即兴演出的闹剧。但卢雅那角度看到的却是另一出戏了,她站在房门口,大妹妹站在床上,小妹妹坐在被窝里,窗口那里有木瓜树伸出许多染了月光的巨掌,掩护着男子苍白的裸体。卢雅握住两拳,奋力将声音从喉咙,胸腔,肺腑乃至小腹里挤出。

救命啊——

夜空中的雨云如一艘满载棉花的巨大轮船缓缓移动,一点一点,捂住了愈来愈虚弱的月亮。卢雅听见自己的呼叫被溶解到夜的缄默里。嘘——窗口的男人嘬嘴示意,然后他说,你看!

卢雅追随他所指引的,看到了熟透的恶果裂开,乳白的浆汁与种子朝房中溅洒。她看到了乐园的沉没;看到那人用上天入地之手指引她去看的,他胯下的真实世界。仿佛那是某种含咒的指诀,你看!天和地,人间和地狱。

大妹妹歇斯底里地哭着大喊,救命,救命啊。

那指引者扑哧一笑。他扭身顺着木瓜树干矫捷地滑下去,一边还尖起嗓子模仿女孩的哭喊,救命,救命啊。他的声音奇怪地没有被夜色吞没,浑身毒刺的丑恶的嘲讽的声音,世界听见它便像含羞草似的急于把自己掩藏。世界是窗外那一扇一扇微启的百叶窗，它闭上眼睛，看不见自己的存在。

卢雅愣在那儿，她与大妹妹一起注视着窗外。黎明不远了，载满雨云的巨船仍在天上航行，远天微光初绽，却不是晨曦，而是荡回来她们在夜里呼救的声音。卢雅看见这世界了，她看见每一扇窗与暗影中的人们，我们，我。

7

卢雅初次来到辅导室时，她十七岁了。我无数次听见其他老师提起她的名字，那个卢雅。经常旷课的卢雅；除了绘画与作文，再不交其他作业的卢雅；月考成绩极差，年终考全级三甲的卢雅；"你们不觉得她的眼神乖戾吗？"的卢雅。在她的学业成绩报告上，老师们年复一年地写了"不合群""缺乏沟通能力""注意上课日数！"之类的评价。

至于我，那是愈来愈忧伤愈来愈倔强的卢雅，欠着图书馆好几本书几年不还的卢雅，偶尔从C栋教学楼前走过的卢雅。

对于某些师生，那是可怕的卢雅。

把卢雅召来之前，我读过了传说中的那些血腥的作文，看过那些可怖的绘画，也听说了一些卢雅干的疯狂事。某日吧，就在校门外大路对面的候车亭里，那个男人在卢雅身旁坐下，迅速解开裤子拉链掏出他的宠物。那样的光天化日，候车亭内的其他女生静静地交换了赫然的眼神，低着头，三三两两走到亭子外头的一棵棕榈树下，像一群难民在摊分一蓬微薄的树荫。

当时卢雅正聚精会神地低头看书。她是个不起眼的少女，在女校念书，也穿白衣蓝裙，背一个军绿色的帆布书包。同学们的走避不动声色，她身旁的男人费了好大的工夫让性物勃起，又等了一阵，见卢雅还没察觉，便忍不住虚声说，喂小妹你看，看这个大家伙。

卢雅斜睨他，第一眼便看见了被他握在两手中的东西。酱紫，亢奋，像一条硕大的干乌参。又一个指引者。卢雅瞥一眼那人，他中年了，干瘦，戴粗框眼镜，鼻头渗汗，脸上一副兴奋的神色。他小声问卢雅，它很大，你说，它是不是很大？

卢雅没有回答，那是她第一次临近观察这东西。就是它了，指引者们汲汲于展示的宠物，感觉多么像某些同学神秘兮兮地从书包里掏出一只暗中豢养的天竺鼠。棕榈树下的学生看见卢雅对那挣扎着要昂首吐芯的小玩意微笑，像是在向一只特别卑微的小生物表示友善。这让指引者感到毛躁，他急忙又上下搓弄那干乌参，再殷殷地问卢雅，怎么？它不够大么？它很大！

她歪着头，目光纯粹，像个孩童在观察一只从硬壳里冒出头来的乌龟。指引者满头大汗，使劲再搓了几下，却不由得开始泄气。他再问一遍，小妹你没见过比它更大的，对不对？说时手中的玩物却已开始疲软。卢雅咧嘴笑了，她的念力真有如此强大，使得指引者的指针萎靡，变成一支被拗屈了的羹匙。

目击的学生说，那男人后来带着他那不争气的玩意"落荒而逃"。卢雅始终不说一语，之后仍然跷着腿继续看书。躲在树影中的学生讪讪地回到候车亭里，却没有人敢坐到卢雅身边。大家都发现了她的奇特，好可怕的暴力，平静之极。

我在C栋教学楼的四楼走道上等待卢雅。为她姗姗来迟，我忍不住抽了两根烟。卢雅从来不逃避老师的召见和诘问，正如她也从来不在考试日旷课。我要在后来读了她写的那些日记式的文字以后，才晓得她区分"逃学"与"旷课"的那一套逻辑。卢雅，洞明的卢雅，在她眼中，这人世只是一个缤纷绚丽，庞大而无声的水族箱。

卢雅仍旧不回答老师的一切提问。老样子，安静且笃定，用汪洋那样的眼睛吞没老师的目光。所以我也不打算多问，这女孩，责问她反会让自己心虚。我甚至没有用上以前在心理辅导课程中学来的那一套，友善的微笑，温和的神情，柔性的语音，以及表示"我懂了"和"我明白"的各种肢体动作。

因为我确实不懂，而且随着年纪愈长，我愈迷惑愈茫然。我不懂卢雅，不知道从你那窗口看过来，隔开一框窗棂，我的世界在你眼中究竟光景如何。而我，在窗外之窗中，在梦外之梦里。卢雅，告诉我吧，我是谁？

8

那辅导中心，卢雅后来在一篇日记体文章里将它称为"C座四楼的告解室"。每周有两天放学后她会到辅导中心来，我不勉强她说话，却让她每次离开前得交上一篇文章。"写你喜欢写的，要多少时间就用多少时间。"

这是我要说的了，一则没有实质内容的故事，也没有情节。卢雅喜欢到她想象中的告解室来（她写着"推开那道玻璃门，觉得像小叮当走进它那能随意改变世界的电话亭"），每周两天，后来她感到自在了，便因为"纯粹想上来"，或许也因为辅导中心架子上的藏书而额外增加一两天。

就那样开始，她看书写字，我改作业或读报，慢慢地把时光与卢雅拼凑起来。她常常会拧过头去对窗发呆，然后像从空中撷取了一些句子，回头把它们放到习作本的横线之间。

"我们一直是破碎的，"卢雅写着，"答问与重述不能使我们完整。"

"你说呢？"

这个"你"一直存在。我很早就发现了，他频频出现在卢雅的文字里。"你"是谁呢？一个被预设的读者，卢雅无时无刻不以为他应该在场的人。你在哪里？当我与卢雅坐在C座四楼装了深色玻璃门窗的辅导室内，当我在阅读卢雅，在拼凑她，"你"似乎也在我和她之间。从最初对于"你"在字里行间突兀冒现感到忐忑，到后来逐渐习惯，我慢慢地也就能朦胧地感受到"你"的在场。你反正是不作惊扰的，施施然来去，像我与卢雅曾经在同一瞬间一起注视过的后巷之猫。

我甚至曾经怀疑，也许有过一瞬，我们是三位一体的什么。

那两年里没有特殊的或戏剧化的事情发生，毕竟这是个真实世界。直至卢雅毕业，我与她只有过少数几次交谈，说了些不特别有意义的话。她也仍然乖戾孤僻，是个考试成绩名列前茅，从来不惹是生非的问题学生。她的"问题"在于不道德，不正常，以及某种颠覆性的错误的示范，这些让老师们感到特别不安。当年的毕业礼上她以年终考全级第一名的身份上台领奖，台下还微微起了骚动——人们交头接耳，不自禁发出嘘声。

卢雅倒似浑不在意，像是完全没察觉人们的抗议。她就和过去的历届优秀生一样，仪容整洁地从列队里走出来，笔直地走上台去领了奖杯与两百元购书券，握手，再稍微转过身来面向镜头拍照。那一刻她脸上是带着微笑的，尽管那不易察觉，只是一抹笑影。后来我在翌年的校刊上看见那帧照片，觉得卢雅双眼特别炯炯，她深深地直视镜头，目光穿透照片，仿佛穿过一扇又一扇的窗，越过一座一座峦峰般此起彼伏的屋脊。终于在那一刻，她以惊人的念力，将"你"从不可达之彼岸召至眼前。

会考成绩放榜那一天，大概是卢雅最后一次回到学校。我未必不暗自期许她会走到我跟前，或者最后一次推开辅导中心的深色玻璃门，让日光注入，洗涤门内的暗室。但卢雅终究没有再到C座四楼来了，我在那里等了一下午，离开时将她这两年交上来的"作业"捆成一摞全部带走。这是个真实的世界，卢雅始终像个虚构的人物，但她存在过，而会像她那些文字所形容的——只是一小块冰，如今融掉了。

她不会推门进来，像走进那个能随意改变世界的电话亭，拿起电话听筒说，你洁净了，汝罪已得赦免。我想我知道，没有那样的电话亭。我知道，世界一直是扭曲的，不为谁的意志而改变。

烟花季节

她用力抽了一口凉气,再把气吐出来时,所有沉没在身体里面那一条忘川中的记忆,冷冷的,都是碎片残骸,再也不复齐全的"全部",从她脚下那淡得看不见的影子里翻涌上来。

像船一样,每一列火车都已经被命名了。

刚进站来的这一班列车,名为"马尔其",意即"三月",也可能是"进行曲"。三月行进有序,只在这里停留十五分钟。这是标榜准点的特快列车,说走就走,不等客,中途过站不停;除非横生天灾人祸,否则司机绝不磨蹭。

尽管已经好些年没乘搭过任何公共交通工具了,笑津还是很快地在分成七个车厢的三月里找到她的座位。车舱里乘客寥寥,每一个乘客都像听到茫茫中的召唤,都像向日葵,拧着脖子,方向一致地看着窗外的站台。站台上也没几个人,送行者稀,只有三个神态亲密的马来少女以及一个锡克家族大大小小的成员在盯着后面两个车厢里的什么乘客。

晌午的光穿过半透明的车站棚顶，在他们的脸上投下笑影，马来少女眼波漾漾，一种不太严肃也不感伤的送别。想是被送行的人去得不远，或是去的时日不会太长。笑津也明白，这列车所行驶的双轨铁道其实没多长，国土本来就不大，南北数百公里，三几个小时便已穷途，难道能天涯海角么？

事实上，笑津上车前就注意到了，这说是快车的首发站，但乘客们谁都没携着多少行李，大家都像她那样轻装，只拎着一个小小的旅行袋，好像离去只是做做样子，像是过两个站就下车了，或是只去小住一两个晚上便要回来。

这情景让笑津有些失望。她原先设想，不，该说她原先期待的火车之行不该是这样的。这般寥落吗？明明是战前的老建筑，但修建过的棚顶让火车站显得太敞亮些，加上这新增设的特快列车，车舱太洁净了，仿佛里面不曾有过大故事，而又被勤奋的清洁工人无数次地清洗和消毒，让她不期然想起医院长长的走廊。笑津有点懊悔自己买了这特快列车的票。刚才她抵达站台时，正赶上一列旧式火车缓缓离站，她透过徐徐输送的车窗瞥见车舱内的情景，乘客多些吧，老老少少，像画在漫画格里的人物，背景全是一片被烟火熏过似的焦黄色。

那不均匀的焦黄,有一种记忆的老调子,随着车窗一格一格溜过,就像投影机将旧照片一张一张放送展示。笑津期待的就是那样的、她记忆中的火车。这半岛上的火车她以前只乘过两回,那已经是年少时候的事了。一次是初中长假时与几个同学一同北上旅行,第一次看见海,在海滨把自己晒蜕了一层皮;另一次是高中会考放榜那天,她回校领了成绩报告,因为考得不太理想,害怕回家面对父母的失望,竟然独自乘火车北往,到两年前与同学住过的海滨旅舍躲了一个晚上。

那时候也在这车站上的车,记得站台幽暗邈邈,路很漫长,火车像一长串铁罐一路晃荡,而且逢站必停,每个小镇总得走上来几个远行者模样的人,拎着大包小包,坐下来后仍依依不舍地朝月台上送行的人拼命挥手。其实国土始终是那么一个半岛,由此而往,北上到终站不过两三百里路,彼时年轻,却觉得只要踏出家乡小埠了,每一个"别处"都遥远得很。笑津明知道自己逃避不了多久,她在出逃的路上便晓得自己翌日就得灰头土脸地回家,然而那毕竟是她第一次这么勇敢地豁出去了。第二天傍晚她回到家里,咬着唇支支吾吾地交代昨晚的去向,听母亲细声地训斥了几句;晚上洗了头伏在案上写日记,才想起来那是生命中的一次出走,才觉得兴奋,便特别想记下这两天的各种细节。她咬着笔头吃力地回想，最终不得不承认无事可记，那里面都是空的，徒留下一摊熏黄，还有发梢一颗颗水珠坠落在摊开的日记本上，水印似花，转眼干了。

笑津记得自己把火车票的票根夹在日记本里。但岁月一节一节串联着的，那日记本后来不知失落在哪个罅隙了，火车票根遂不复存，只有本来就缺乏内容的记忆本身，像一张失焦了没有主题的旧照片，多年来卡在大脑某个褶缝里，藏不住，抠不出来，犹在不断褪色中。

如今她却想找回那模糊了的感觉。汽笛的尖响，车辘轳在铁轨上的倾轧；出走，远行，投奔。可为了节约一个小时的路程，她几乎不假思索地选择了这新型列车。笑津想不明白那一小时省下来何用，她要赴的约会在晚上，这车到达的时间显然有点太早了，而且会赶上城市下班的人潮，公路上反而多有折腾。她愈想愈懊恼，脑里便愈空茫，这时候车厢的电动门合上，三月微微晃动，笑津觉得心脏像松脱了似的，咯噔往下一沉。火车要开行了。她这才觉出这次出行的真实，不由得再看一眼窗外那些与她无关的人，奇怪，那几个两颊绯绯的马来少女笑颜清纯，让她想起自己的女儿。

那一次出走的事，她只对一个人说过。她说的时候眼睛是合上的，身体斜倚着安德鲁的臂膀，安德鲁再歪着脖子，反过来把头枕在她的头壳上。笑津闻到他衣衫上微酸的气息，不由得勾起嘴角，他们已经五天没洗澡了。那是多么自然的事，秋日的阳光在她薄薄的眼皮外闪烁，她便记起几年前的出走，以及那些她以为自己已彻底抽离了的景观。她告诉安德鲁，那次她下了火车以后，挤上一辆到海滨的大巴，在巴士上目睹一个周身邋遢的白人嬉皮相遇了一个头上扎满细辫的铜色女子。

"两人都很脏，老觉得会有苍蝇从他们的衣襟或头发钻出来。"

说的时候，她看见了薄薄的记忆中浅浅浮起来的画面，那两人互相吸引的眼神。她看见那男子绕过走道上站立的乘客，像在闯过许多障碍物，目不转睛地朝车尾那女子走去。男子从笑津身边经过时，她闻到他身上很重的汗酸味。下车之前，她忍不住回头，看见那一对异国男女坐在尾座，除了嘴脸以外，身体已经黏在一起了。她看见两张脸庞之间那曲折的缝隙，阳光好不容易钻过来，像钻石般放射着星形的灿烂。

她睁开眼，那画面还在，而且愈发清晰。这是数年前她披着湿发写日记时，倏忽想起过却不以为意的事。要等到那一刻，等她那样挽着安德鲁的臂弯，在不连贯的寤寐之间，列车摇摇晃晃地行进一片荒原；风摇百草，像是被什么触动了播放键,过去那一幕便似老电影中的画面,悠悠地在她半透光的眼帘内放映。

"后来呢?"安德鲁的左手挂在她的腰上,嘴唇碰上她的头发,胡楂子扎在她的头皮上;声音慵懒,慢慢输进她的脑壳,渗入脑中那两头沉默的海马。

以后她会记住此刻的美好,两人的亲密无间。安德鲁和她都累了,疲惫将他们变成两根逐渐熔化在一块儿的蜡烛。两人都觉得彼此驮着的对方的身躯愈来愈沉重,自己却迷迷糊糊,意识愈来愈虚无,像随时会被风卷落的秋叶。仿佛再那样下去,他们终会陷入彼此、融作一体。

"后来呢?"她跟随他喃喃地再说一遍。

她与安德鲁拿着为期一个月的火车通票,在法兰克福上的车。那时已经是铁道之旅的第二十一天了,他们疲惫不堪,衣服上的汗味与口腔里留下的对方的气味,将他们混在一起。口袋里的车票像两个眼看着寿命将尽的孩子,她总是禁不住把手伸进衣袋里,用指尖去碰触车票的边角,感知它在,尚未失落。

那时他们多么年轻,旅途拮据,爱的意志十分强大。二十一天的颠簸,近乎流离的日子,他们只有几个晚上在小旅馆中过于松软的、像海绵蛋糕似的睡床上缱绻,其他的夜晚若非在公园湖畔硬冷的长椅,便是在夜行火车有点潮味的座位上相拥着抵抗秋日晴空卷来的凉风。"很冷。"她说。安德鲁便握住她的两手轻轻摩挲，或是买来热咖啡让她捧在手中。她离国西去三年，终究不能适应那里的气候，只要夏季扬长离去了，其他任何时候，她的十指与掌心总是一片冰寒。即便是春日时四处飞扬的花絮与秋冬之交在枕头中肆虐的尘螨，也会诱发头疼晕眩耳鸣呕吐皮肤瘙痒等状况，像是她这生于赤道的身体一直在异乡苦苦承受四季的刑拷。

那样的她，那样羸弱怯懦；第一年圣诞节前逃回老家后，几乎想退学不再回去上课的她，最终竟如期毕业，之后还拖拖拉拉地延迟了回国的日期，像是不情愿回去。母亲在电话中嘀嘀咕咕地催促了几遍，直至一向严谨寡言的父亲忍不住下通牒了，她才不得已归去。她早知道自己的出逃最终将如此收场，灰头土脸地回家。她本来就长得纤细，欧洲大陆上一个月的火车自助旅行更让她瘦成眼镜猴似的，巴掌脸上徒剩猫头鹰似的两盏眼睛，以至父母有好一阵子怀疑她是不是在外面吸毒或酗酒了。

至于那一趟经历时觉得漫长，以后每回想一遍便会被剪辑得愈来愈简短的火车旅行，她始终不曾对谁透露。那一趟出走终究不可告人，她去得那么远，那么久，最后得用三十天去经历一场宏伟冗长，朝圣般的告别。人们不会明白那行旅的神圣，纵然是她自己，以后许多次午夜醒来，不慎忆起其中的细节,竟也感到荒淫,并且因为觉其荒淫而感到身体的虚空。她耻于摇醒枕边的丈夫,便稍微侧身,在自己与丈夫的身体之间拉开一道沟壑,聆听着满室飘忽的鼾声,于暗中伸手自慰。

半岛上天气终年闷热,夜里冷气机总是开着的,她的手总是冰凉的,便分外觉出身体的烫。几个指头像一群初生的未睁眼的幼崽,在两腿间急急地探索,贪婪地吸食她的体温与潮湿。

因为在警惕丈夫的动静,她总是睁开着眼睛,冷静地完成那过程。只是偶尔会走神,在晦暝中听到鼾声与冷气机与犬吠以外的,不属于这背景也不在这空间的一缕乐音。

是口琴吧?

嗯。《苍白的浅影》[①]?

是的。

琴音从悠悠扬扬到断断续续,像麦田上空愈飞愈歪斜的一只断了线的纸鸢。总是不等音乐奏毕,她便完事了,手指依然微冻,她把它们折起来,抱在自己的掌中。梦如一蓬巨大的阴云飞快地朝她笼罩过来,有过顷刻的窒息,她便被卷

[①] 乐曲 *A Whiter Shade of Pale*,英国乐队普洛可哈伦(Procol Harum)1967年的作品。

入梦乡，一床被窝如海浪上的泡沫涌向她。她明明已经沉睡了，却还能感觉自己像陷进巨大的过于松软的海绵蛋糕里。

这些事，她不曾想要记下来。已经不写日记了，网上注册了好些个人空间，里面都空空如也。平常日子，终究无事可记；也不会有一出老套的电影等她去演，等她在弥留时掏出一堆证物向个年轻女生诉说一段轰轰烈烈却不堪回首的情事。有时候，她在督促女儿做作业时，凝视女孩那红粉绯绯的脸蛋上浅淡的眉睫，莫名其妙地，这些湮远往事留下的残像会忽然浮现，像藏身在草丛中的野禽兀地扑扑飞起。

只有过一回吧，女儿问起她有没有个英文名字。"你在英国念书的时候，同学怎么喊你呢？"

因为问题来得突然，女儿的声音干净，她便不及多想。"乔。"她说。

"他们都这样叫我，乔。"

在那里，那三年里，人们给了她这名字。"乔"是从她的中文姓氏音译过来的称呼。那时候对于身边的人而言，"周"是一个古怪的难以完成的发音，他们便找了个谐音般的英格兰姓氏，Joe，为她重新命名。

她对此没有意见，觉得那是个再普遍不过的昵称，伸缩性极强的均码，柔软如一顶针织的羊毛头套。她甚至一直没把"乔"当成"英文名字",而只把那看作洋人们别扭的中文发音。

毕业后回到自己的国土,笑津便不再需要英文名字。她的父亲是独中①的荣休校长,老派人,一直希望女儿能到台湾或大陆修个"正宗"的中文系学位,却因为笑津从小在语文科上的表现不尽如人意,当初他是极不情愿地才答应让她到爱丁堡念工商管理。倘若他知道女儿取了这样不伦不类的一个洋名字,肯定要横眉冷眼,给她些针扎般的语言。

因为多年没人再那样称呼她了,乔。要是女儿没问,笑津便不会主动想起。当这名字脱口而出的一瞬,她自己也有点被名字背后那遥远而广袤的空间所震慑。一卷铁道向前推开,车窗外的大地便八方四野地无尽摊展;大地上摇曳着树木与草花,草花翘首仰望着高空;天极深极远,澄明而宽容。

"后来,"她靠着安德鲁的胸膛,凝视窗外那一大片迎面泼来的光与光里模糊的风景。脑中那慢调子的老电影还在播放,那邋遢浪荡的嬉皮还在画面里,笑津一眼便把他认出来了,"第二天我乘火车回家,买了车票,居然在车站里又

---

① 华文独立中学,马来西亚华人民间赞助维持的中学总称,为该国特有的中文教育体制。

遇见了那个人。"

那是个午后,阳光细碎,金沙似的撒在那男子铜色微卷的长发上,连脸上的胡楂都闪闪发亮。不过是隔了一夜的事,他坐在车站一隅,手里抓住一对拐杖,一条腿上了厚厚的石膏。笑津记得那时火车站里人很多,男子安静地挤身在一大团滚动的偾张着的色彩中,神情落寞,看来身边无人相伴。笑津先是错愕,忍不住紧盯着男子那笨重的石膏腿怔忡了一阵。才一夜啊。一夜呢。像书缺了页似的。为那空白中所充满的戏剧性与荒诞感,她不禁莞尔。

安德鲁也笑了吧。他以微湿的唇亲吻了她的脑勺,这像是一种祝福的举动,只是腮帮上蔓生的胡子硬如刷毛,让人刺痛。她微微起了一阵疙瘩,不期然又把手伸进衣袋,票还在,乔与安德鲁的三十天,他们的出走。

女儿当然不晓得"乔"这名字背后的故事。笑津亦不想让她知道。只是女儿还在那种天真的、会不断追问"后来呢?"的年纪,笑津被问得心虚了便会感到肢体与表情僵硬,她耸耸肩说:"没有后来了,再也没有人那样喊我了。"

女儿似懂非懂,呆望着摊在桌上的作业本,开始咬起笔头。

看着女儿脸上那被阳光拉长了的、淡淡的睫毛影子,笑津心里柔软得有点酸与疼痛。一只肥胖的灰鸽子从泛白的景深中扇翼飞来,停在外面的窗台上,茫然眺望着远处。笑津像是又听到梦里储藏着的口琴音乐,很轻柔,被风徐徐拨动;在她脑中,如烟缠绕指头。

今天出门之前,笑津像往常一样做了些例常的家务,也为女儿收拾卧房。床铺总是凌乱的,书桌上倒着铺放了一本初中华文课本。笑津的父亲似是把未遂的愿望寄托了在外孙女的身上,把以前他在独中用的华文教材拿到这里来,每个周六下午亲自给外孙女补习。笑津明白女儿有多吃力,那还只是个小学生啊!女儿的父亲在这点上对岳父倒是很赞同,总认为把中文搞好就能抵抗外面那混杂的社会、别的种族或"异教"的同化。仿佛中文水平愈高,身上就会有愈强的抗体,最终炼得全然不可侵犯。

也许正因为这种同仇敌忾的默契,向来严苛的父亲对这女婿很是中意。每个周六傍晚笑津与丈夫带着女儿到父母亲家里吃饭,两个男人从饭桌一直谈到茶几上,说不尽的家国、政治、经济、天下事。女儿找了个角落坐下来,无休止地发短信或玩手机上的游戏。笑津和母亲说的家常话倒是有一搭没一搭,很容易觉出寡淡,不如无言。母女俩唯有怔怔地看着电视。很多男男女女挤在韩剧内,以台湾腔华语吵吵嚷嚷;画面不断闪动,电视里的声浪与空虚,很快与这寂寞无聊的世界融为一体。

这种时候,笑津常常会记起她的小姑妈。那是父亲的小妹,自笑津懂事以来,便知道这姑妈嫁了个当小贩的马来人,夫妇俩生了许多子女,有很多年一直在他们居处附近的华人食肆里卖沙嗲。父亲老家兄弟姐妹不少,大家对这小姑妈素来冷淡,倒是小姑妈喜欢亲近笑津一家,每次来跑动总带着用油纸包好的一包烤肉串和一小袋酱料。母亲虽笑微微接过,却因为认定那些是卖不去的东西,既担心它不新鲜也怀疑它不卫生,所以总不放心下咽,却又舍不得扔掉,便原封不动地放在电冰箱内耽上数日,等确定肉都馊了才甘愿丢弃。

至于那蓄了小胡子的马来人姑丈,笑津与他没见过几次面。有吧,也是她到那食肆去买熟食时,碰见他守着摊档在扇火烤肉,穿背心围沙笼,额上臂上水珠成串,全是烟火熏出来的汗。

这沙嗲摊主后来患病猝逝,父亲家族里的人十分低调,没见几个爱管事的姑姑奔走相告。大家甚至说不清楚小姑丈的病,也未听闻之前有谁到医院探望过他。姑丈过世后不久,就在笑津筹备着出国的期间,遽闻小姑妈突然把沙嗲摊子收了,每天到各个兄弟姐妹家里枯坐蹭饭。她也到过笑津家里,一整天坐在客厅的沙发上,见谁都痴痴地笑,再回过头呆呆地看电视，目如两口旱井，已经有点失常了。

在爱丁堡的最初半年里，笑津几次听过母亲在电话中提起小姑妈，不无抱怨的意思。说其他兄弟姐妹都闭门谢绝小姑妈了，她便每天到笑津家叫门。母亲惦记着以前拿了她许多沙嗲，便招待过她一阵，也曾试图给她找一份工作，可小姑妈不知怎么变得痴肥和懒散，除了舌头上的味蕾敞开，其他感官似在逐渐退化或闭塞，对于人们的关怀或嫌恶都已绝缘。

那一年寒假时笑津回来，听母亲说小姑妈被儿女送进疗养院了。在那之前有整个月，小姑妈每天清晨乘车到笑津家门外，身上载荷了愈渐沉重且逐日垮塌的皮肉，穿着宽松的巴迪布①长袍，挽着个皱巴巴的纸袋，对着紧闭的门窗高喊哥哥嫂嫂。

笑津听了只是微感唏嘘，之后以为忘了，却常常会在这种时刻，因为发现色彩喧腾的电视荧幕上其实浅浅印着自己的身影，小姑妈的形象便随之浮现，像一摊擦不去的污渍染在屏幕上。笑津隐隐感到悲凉，不知该向谁说去，手心便发冷了。

笑津把倒扣着的课本翻过来，女儿已学到《桃花源记》

---

①巴迪（batik）布，从印尼传入马来西亚的传统手工艺蜡染布料。

了。她的目光羚羊般在课文上跳跃，在淡黄色荧光笔所志之处落脚：

> 武陵人捕鱼为业……忘路之远近。忽逢桃花林，夹岸数百步……复前行，欲穷其林。林尽水源，便得一山，山有小口，仿佛若有光。
>
> ……豁然开朗。土地平旷，屋舍俨然，有良田美池桑竹之属。阡陌交通，鸡犬相闻……见渔人，乃大惊，问所从来……问今是何世，乃不知有汉，无论魏晋……辞去。此中人语云："不足为外人道也。"
>
> 既出，得其船，便扶向路，处处志之……太守即遣人随其往……遂迷，不复得路。
>
> ……闻之，欣然规往。未果，寻病终。后遂无问津者。

是呀，这一课笑津也曾学过。她把书放回到书桌上，想起那些文句上的荧光标志，忽然觉出了什么，便又把书翻过来，掀开书封面，果然扉页右上角有两行蓝色圆珠笔写的字，端端正正地写着班级和她自己的名字，周笑津。

那一路上，她读完了英文版的《关于爱和其他恶魔》①。那是安德鲁出发前从书架上抽出来的书,说是让她在旅途上打发时间。但她在火车上并没有读书的兴致,要不是与安德鲁一起摊开欧洲地图或人手一卷地研究旅游手册,要不是偷窥似的盯着其他乘客在看,要不是她自己也睡着了,她便会静静地注视着车窗外滚滚流逝的风景。夜,曙光,秋色。

为了省下住宿费,他们多半选择坐夜车上路。安德鲁很容易入睡,仿佛不识愁苦,像个玩累了倒头便能睡着的孩子。她却难免失眠,常常只是假寐,每次火车稍停她便睁开眼睛,努力辨读小站上的站牌和地名。那时候,他们已不在英语的领地了,周围的乘客总是说着英语以外的其他任何语言,她与安德鲁刚上车时曾淘气地约定了两人在火车上只能用"国语"沟通。这点子是她提出来的,安德鲁欣然答应,她自己却很快后悔了。不啻因为她在国外几年,马来语已经不灵光,以至她老是语塞,总是无可避免地把许多英语单词填塞在句子的坑坑洞洞处。比这个更让她气馁的是,听着安德鲁那流利的、生活化的马来语,那么熟悉,许多被掩埋起来的记忆,她和他的身世,便像老鼠听到魔笛的声音,全都

---

① 加西亚·马尔克斯的小说 *Del amor y otros demonios*,英译 *Of Love and Other Demons*。

被唤起来了。

她说，不玩了。说着把发寒的手背贴在自己的脖颈上取暖。这不好玩。她装着发嗔，其实是央求。明明是同一个人，那语言她也完全能听懂，但口操马来语的安德鲁让她感到可惧地陌生。

是这触动让她一直睡不好觉吧？她不可自抑地想起许多往事来，也就没想起背包里的书。她想起与安德鲁初识，在那个洋溢着欢笑、音乐与酒气的复活节飨宴里，他穿过款款的人群与晃晃交错的酒杯，向她走来。

同学们总喜欢这样，因为受不了她那东方气质的文静与矜持，便自作主张地将社交圈子里里外外翻一遍，把所能找到的任何亚裔拉拢过来，介绍给"乔"，好让她能在这不见乡关的异地觅得她自己的部落与归属。为此，她几次得尴尬地被他们撮合，与日本人、韩国人、泰国人、菲律宾人，以及似乎比较靠谱的大陆和香港旅客"相认"。

有一次他们把乔带到一个在爱丁堡落地生根了的"中国女人"跟前，且饶富兴致地簇拥着她们，敦促她们以"中国话"交谈。对方是律师之妻，因为刚踱出舞池，腰肢还在摇摇晃晃的，仿佛脚下仍残余着舞步。她落落大方地以大陆人浪花般的普通话说了些问候的话，乔唯有硬着头皮以甘榜味道的乡音寒暄了几句。直至身边的围观者满意地散去以后，她们两个也几乎无话了。律师之妻很快甩了甩长发回到舞池中,走之前礼貌地对乔又说了些社交话语,用的却是英语,硬邦邦的苏格兰口音。

乔出自本能却也自觉笨拙地以英语应答。乡音啊,短句,无韵,充满各种不妥协的杂质,如蚌中含着沙砾,等有一日蕴成珍珠。

也不晓得是谁的安排与撮合,安德鲁便带着这样的乡音出现。

"马来西亚人吗?"他穿过人群,避开障碍物,径自向她走来。其实不等他开口,笑津便认出来,这个头小、肤色深、眼窝沉在两轮黑影里的瘦男生,是个马来人。

笑津点点头。

他咧嘴笑,提起的胸襟坦下来,仿佛长长地舒了一口气。"Apa khabar?①"他说着伸出两掌,稍稍握住笑津微微举起的右手,再以单掌捂一捂自己的胸襟。②

"Khabar baik。③"她觉得舌头有些短了,而因为感到亲切,心里竟在那一瞬间敞亮起来。

"啊,像冰一样!"他把对话转成英语,"我说的是你

---

①马来问候语,意即"你好吗?"
②穆斯林见面时的礼仪。
③马来语,回答问候。

的手，好冷。"他还在笑，唇上的胡子色淡而轻柔，有如东方女子的眉毛。

"我是阿卜杜奥玛，他们叫我安德鲁。"

旁观的人或许都预见了他们两人会走在一起。乔与安德鲁。两人交谈甚欢，一整个晚上，他们的世界像是静止的，像一组无序的、不连贯的画面。眉眼之低垂，嘴角的小勾，被酒气微熏过的脸颊，唇上青嫩的髭须；小指上一枚过于粗犷的戒指，牛仔夹克上一颗松脱了摇摇欲坠的纽扣……周围却影影绰绰，如一座满是海水观赏鱼的水族箱，色彩泛浮。朋友们互打眼色，几乎以为她与安德鲁不仅是同乡，会不会也是旧识？

在笑津的回想中，能想起来的竟都是些不可能的画面与角度，仿佛她当时也是个旁观者，也脸带微笑，目光穿过举起的高脚杯，在杯中的酒色里窥探着乔与安德鲁，像是在看舞台上的朱丽叶和罗密欧。这么回想，就连她自己也看出来这对男女不久后将走在一起了。

乔未尝没意识到那种充满预言的氛围，那愈来愈浓郁的甜味的空气。安德鲁是那一年法学院的新生，就像乔一样，还浑身透着一种东南亚人的色调，热带人的体温，味道。乔喜欢这份亲切感。她笑谈时偷瞟安德鲁，很熟悉呢，于男生而言有点过长的头发，眉宇间一种艺术家的自矜与傲慢，那种一般马来青年都免不了的不羁和慵懒。安德鲁,这只是个名字,像远渡重洋后被重新命名的一艘马来老船,或旧火车。

列车果然开得很快,声音也大,势如奔涌。沿路的小站终还是与当年一样,笑津却来不及辨读小站上的站牌和地名了,外面的风景因而草草,为了节约时间而被大幅简略,像飞快地往后拉动的布幕。她什么都看见了,却又什么都看不真切。

笑津想,这车,这"马尔其"指的是岁岁循环重来的三月吗?抑或是进行曲,轰轰烈烈地勇往直前,一曲终了便不复返?

不知怎的,想起《桃花源记》,想起文字上不再鲜明了的、斑斑的荧光标记。

当时想让那些荧光帮助自己记下什么呢?就"不足为外人道"的凄美吗?抑或"不复得路"的怅惘?如今她都记不清楚,也想不明白了。笑津陷入这些毫无关联却像是相互隐喻的怀想中,不着边际,如入苦海,直至来检票的舱务员将她唤醒。笑津一直把车票揣在掌心,如今都有些汗湿了。她有点不好意思地把车票递给那位被制服裹得腰细臀丰的马来女孩,对方认真看了一眼,用圆珠笔在票面画了个歪斜的,介于"N"与"Z"之间的符号,状似闪电。

笑津把检过的票接过来，又捏在掌中。那一张三十日使用期的通票呢？她眯眼回想，记得票的边角刮在指头上的触感，以至后来票角和票沿都磨损变软，看来十分残旧。安德鲁还曾为此取笑她，而她为了阻挠自己这下意识的怪癖，便想把车票放在一个手指够不着的，安全的地方。于是她在行囊中翻出那一本不见天日的《关于爱和其他恶魔》，把票夹在书页间。岂料从那时起，她便终日把书拿在手上，或是放在随手可及之处。因为要经常检视车票的存在，笑津禁不住老是翻开那书。爱，和其他，恶，魔。

书被翻动时掀起的吉光片羽，狂犬病，修道院，驱魔……有些词引起笑津的注意，她便忍不住一页两页地，漫不经心地读了起来，那火车票便成了现成的书签，随着她经常被打断的阅读，慢慢地，从前面一页一页地往后退。其实只是个中篇小说，而印刷用的再生纸有点粗糙，那书外表看来便有点厚度。约莫看了一半以后，笑津才觉得那里面的故事蕴含着说不清楚的什么，教她有时候感到像是有只螫人的飞虫驻足在她的脑勺或耳后或脖颈，薄翼还在轻轻扇动，她的头皮便发麻了，手心很冷。

她是不该读那书的，笑津意识到自己正为书中的情节与描写所吸引时，她同时也意识到那里面的故事，正无可避免地走向完结。她愈觉得精彩，便自觉地愈是抗拒下一段文字的呼唤，便也愈读愈慢。安德鲁见她总是看了一两页便把书阖上，便问她，这书不好看吗？

她微笑，不置可否，却没告诉他，她是多么不忍心把这书读完。

那时候他们在哪个国境上呢？火车开入一大片褐黄色的平原，左右是秋收后荒凉无比的麦田。平原上有些在掉叶子的树木，零零落落，各有各的形态，都显得孤独。笑津挽着安德鲁的臂弯，再把爱与恶魔揽在怀中，两人目光一致地看着几只乌鸦从一棵早秃的山毛榉树冠中相继飞起，锈铜色的秋阳像是古老的油彩，一笔一笔刷在乌鸦的羽翼上，还有那些颤动的树叶，招摇着暮光中最后一抹辉煌。

尽管他们不选择环形路线，不会回到法兰克福乘飞机返回爱丁堡；尽管这铁路那么长，长得上天入地似的，但乔与安德鲁都明白，他们其实已在归途。

"秋天真不是个好季节。"乔凝视着鸦群的远影汇入云团里，春吐夏放，前面所有盛放过的美丽，都失落在那天地色变的渐层中了。

这归途上的忧戚和闷烦，是两人始料未及的，他们唯有愈来愈少话，默默承受那膨胀起来愈来愈沉重的郁结。本来说好回国前再背起行囊走这一趟，算是怀缅和回应初识那一年的北爱尔兰之旅吧。乔以为自己牢牢记住了北岸一周之行的许多细节，她与安德鲁坐在同学租来的轿车里，四人沿着北爱的海岸线走了大半圈。但那些细节本身并不坚实，它们浸泡在时间里，慢慢就溶解了，只剩下核心与其他的一些残余。画面，情景。海面上的粼光，小码头停泊着的孤船，夜空中的雨丝与焰火。口琴奏的《苍白的浅影》似远还近，如一张不断变形不断扩张的网；他胸膛里凹凸有致的，如琴弦一般齐整的肋骨；小指上的戒指，戒指上粗陋的狮子造型，陷进去了，疼。她低头，看见左乳下的皮肉里，一头闯进去的狮子，张牙舞爪，在咧嘴笑。

记忆被剪辑过了，除了事实本身，只有被岁月汰选过后剩下来的，那些不连贯的对白与画面。笑津有时候沮丧得想将这些也忘记，有时候却因为害怕连这些也会失去，便像要留住掌中之沙，禁不住愈攥愈紧。

终究不是她在选择记忆，而是不断自我卸载的记忆在选择她。笑津总是记得，他们在那里相爱了。

那是复活节以后不久的事，室友凯蒂要到男朋友尼奥的老家去参加他妹妹的婚礼，两人编了个环岛游的行程，把乔也带了去。乔早听说过北爱尔兰的草原与海岸风光，心向往之。凯蒂怂恿她约安德鲁同行，乔犹豫了几日，那边厢凯蒂已经主动给安德鲁打电话，让他把他那一台硕大的单反相机带上。"说好了哦,给我和尼奥拍一辑裸体写真!"乔在房里看书,听到凯蒂在楼下这么叫嚷。

乔不期然勾起嘴角,摇头,笑。

出发时正值春夏之交,他们乘飞机到贝尔法斯特,在机场那里领了租来的车子,便直驱南方的临海小镇沃伦普艾特。尼奥的老家就在那儿,人们的脸多被海风吹皱,而因为在办喜事,尼奥家里的亲人朋友们都一脸粗糙而纯朴的笑颜。由于各处来的亲友不少,乔与安德鲁被安置到尼奥一个独居姑妈尤娜的家中。那中年女人圆润、友善而矜持,说是在镇上一所中学里当了许多年的音乐老师。乔觉得她有一种修女般孤冷的气质,住的是一幢好房子,有许多窗,外墙像是用许多玻璃与白色框格砌成似的,若不是垂下了重重帘幕,感觉真像住在温室中。

乔在尤娜家里住了两个晚上,其实没有与尤娜说上几句话。但在那几天见过的所有当地人中,她后来只记得住尤娜清冷的模样。小镇上的人们大口酒大啖肉,说话尖酸也爱自嘲,似乎都信奉着一种豁出去的、简单得不必言传的享乐主义。安德鲁轻易融入在那样怡人的声色之中,人们也喜欢这么明媚的青年,晚餐时纷纷举杯向他敬酒。乔不知怎的总是被坐在一隅的尤娜所吸引,她那么淡定,与这喧嚷的世界格格不入却十分从容。尼奥说这姑妈是个"虔诚的教徒",然而除了挂在厅墙上一个钉了神子的十字架以外，乔在她的家里没有发现太多宗教的标记与痕迹，但她能感受到房子里有某种与世隔绝的氛围；那样地宁静，唯有信仰才能应许。

可最让乔印象深刻的不是这些，而是那一晚聚餐以后，男士们提出转移阵地继续狂欢，尤娜与她都不感兴趣，两人便一起散步走回住处。路不长，却下着肉眼几乎看不见的雨。她们没走多远便见安德鲁从后面小跑步赶了上来，三人寒暄了几句，之后便静默地沿着大街走。行到一个三岔口时，尤娜忽然转过身来。"到海堤那边去吧，今晚上有个小节庆，会放烟花呢。"

乔与安德鲁点点头，随着尤娜往海边走去。到了那里，看见人已聚集了不少，海面上灰黑色的厚云载着落日，浪一拨一拨的，风有点野，在空中乱窜。雨呢仍是似有若无，只能是一种皮层上的感知。

人们在庆祝什么呢？尤娜没说，乔与安德鲁也没有问。但那庆祝会的规模确实很小，乔觉得还不如老家的夜市场来得热闹。只是参与的人们仍然兴高采烈，都站在路上围观一支铜乐队的演出。那乐队里全是青少年，甚至安插了两个没拿乐器只纯粹支绌地步操的金发孩童，大伙儿奏的音准如他们的身高与步伐般参差不齐，欢腾却是一致的，简单而普世。

这样的演出有点嬉闹，时间却很好打发，仿佛没过多久，天上的光全被爱尔兰海吞没到潮汐里了。据说这正是预告中要放烟花的时候，反正铜乐队已经有点不支了，队员们拆散了队形，嬉笑着收拾东西散去。可一直未受瞩目的雨，这时候却骤然有声有色，是那种会被海风吹斜，落地时却滴滴答答，有敲击声响的雨。人们早有防备，多带有伞，年轻人则穿着防雨外套，尤娜也从她的手提包里掏出一把折叠型雨伞来。乔与安德鲁和其他少数没带雨具的人，纷纷走避到人家商店的屋檐下，一边掏出纸巾来揩去浮雕在头颈上的水珠，一边翘首等待雨中的烟花。

雨天却是不适合放烟花的，而且这雨愈下愈大，如幕帷般层层叠叠，人们唯有耐着性子，说话声细细碎碎，有人掏出香烟来点燃。乔知道安德鲁一直站在左右，她与他也一直在闲扯，估计这烟花放不放得成呢，也说起了某一年除夕夜里他们原来曾在挤满人的国家独立广场观赏过同一场烟花。乔不禁为此玩味起来，正在那里发怔，安德鲁突然说，乔你别动。

乔没动。

安德鲁伸手过来，轻轻地，有点痒，自她的发鬓上摘下什么。

"是什么？虫子吗？"乔仍然没动，眼睛也没眨一下，只有眼珠在薄薄的眼皮底下动荡。

"是雨，雨珠。"安德鲁扬了扬眉，歪着嘴笑。

乔拧过头去，安德鲁伸过来的手还停在她耳际。她瞄了一眼，见那只手伸直了食指，指肚上果真停泊着一颗水珠。她觉得不可思议，便盯着那颗颤动中的透明珠子，狐疑地说，是魔术吗？

安德鲁不语，还在笑，随手将指上的水珠弹去。

那晚上终于还是放了烟花，只是放的时间比预定的晚了大半个小时，而且得迁就风中骤来骤去的阵雨，烟花便不能一气呵成，只能在每一次大雨稍歇时趁势而起。这样，倒像那雨才是正场演出，烟花是穿插在幕间休息时段的小品，又像开在光阴裂隙间一蓬一蓬的野草花。反正被雨这般斯磨，本来十五分钟可以完成的烟花表演，却让人们在街上站了三刻钟。

烟花其实并不特别精彩，说是专人开船到海上放的，可船开得太远，况复天高云低，海面一片漆黑，背景如此辽阔深远，那些烟花便显得渺小，如一伞一伞蒲公英，幻影似的，闪闪发亮。

烟花放完以后，他们会合了尤娜，接着走回去的路。到了住处，乔先去洗澡，在浴室里听到外面叮叮咚咚的钢琴声。她来不及擦干还在滴水的头发，开了门，赤足往饭厅走去。快走到那里时,空气里忽然冒出另一股乐音,如一缕生生不息的销魂的烟,倏然钻入,缠上每一根琴弦。

是口琴吗?

嗯。

一定是《苍白的浅影》。

不是,是《第十四号钢琴奏鸣曲》。

噢,《月光》。

是的,是《月光》。乔穿过客厅,却不敢走到饭厅里。那里有一台钢琴,尤娜正端坐着,专注地抚琴。琴键上的手指其实有点短,但月光源源不绝,月光源源不绝,源源不绝,源源不,绝。月光,源源,不绝。月光。月,光。源源不绝啊月光,源源月光月光月光月光源源,不绝,源源,不,绝。

源源不绝。

源源不绝,汪洋一般淹没了世界。

安德鲁站在尤娜身边,稍微歪着脖子在吹奏口琴。眼睛盯着钢琴上的乐谱吧,这角度看他眼窝很深,脸庞特别显得瘦削。隔着那几步距离,乔觉得口琴的声音是月下袅袅升起的雾,而她自己像个站在沙滩上不识水性的孩子,只能痴痴地眺望着汪洋与水上滔滔的月光。

奏鸣曲结束之前,安德鲁抬起眼来,温柔地注视着她。

乔，那个光着脚站在岸上，头发是湿的，不断有水珠沿着发绺滑落到胸襟的女子。

乔想起指上晶莹的颗粒，想起夜空中熠熠发光的蒲公英，想起他弹指挥去，说是雨，雨珠。

想起雨串连连坠落，发出敲击琴键似的声音。

想起烟花，开了，在上一阵雨过后，下一阵雨降落之前。

那天夜里，安德鲁洗过澡后，直接走进了乔的房间，爬上那一张双人床。乔知道的，一切如此自然，犹如世界再无其他景物，月光唯有粉身碎骨了遍洒在海上。乔不是未经人事的人，她都准备好了，准备了无星月的夜空给焰火，准备了心里柔弱的空处去承接雨声，准备了爱，被爱，抚摸，吻。乔既惊讶又欢喜，无比灵活的安德鲁抚琴的手；温热柔软、充满津液的吹奏过口琴的唇舌。世界是新的世界，这世界是俗世的背面，她是乔，今夜在月光中新生的灵魂。安德鲁进入时如一缕白烟汇合了夜雾，她闷哼了一声，感觉自己是上苍摘下一颗露珠所造的女人，感觉到身体里的战栗，犹如处子，犹如处子。

两日后离开沃伦普艾特，乔与安德鲁已是十指紧扣着的爱侣了。他们比凯蒂与尼奥要含蓄，却也更亲昵一些；两人看似不经意的眼波交会、嘴角的小勾与无旁人可以听见的窃窃私语，还有肢体的各种小动作，使得周围的空气都有了股甜味。日间他们携手走巨人之路，过索桥，在临渊的半塌的古堡内偷偷接吻；夜里他们在旅馆房中做爱，听到彼此的喘息与床板的哑忍。完事后总有一个人伏在另一人的胸脯，听到心跳，听到肺叶的收缩与扩张，听到胃囊与肚肠的动静；听到隔壁房里尼奥与凯蒂欢好时矫情的叫床，噢宝贝宝贝蜜糖蜜糖，或争吵时肆无忌惮的咒骂与叫嚷，婊子婊子混蛋混蛋！他们不禁失笑，两人钻进被窝里哧哧地笑起来。

　　北爱之旅结束后不久，凯蒂与尼奥在爱丁堡分手了。分手的形式十分暴烈，尼奥的手臂与肚皮被小刀划破，凯蒂的脸与身体留下了不少瘀色的印记。然而这些也如吻痕，乔每天拿温毛巾给凯蒂敷两遍，约莫两周，皮肤上便只剩下一抹若隐若现的熏黄，像极了荧光笔涂过很久以后，光逐渐没了，剩下黯淡的颜色。

　　她与安德鲁却依然不动声色，静水流深地爱着彼此。春，夏，秋，冬；学校门外长长的南桥街，钱伯路，校园的草坪，人很拥挤的小酒馆。在世界的背面，时间对了，人对了，便有这样一块应许之地，像古书上说的桃花林与良田美池，唯美而已，不知今之何世。乔几乎没去设想以后，她只有些模糊、缓慢、现在进行式的梦。听，有人在外头用口琴吹奏《苍白的浅影》，她知道安德鲁来了，便拱身到窗前，让安德鲁看见蒙了一抹白气的窗玻璃里她红粉绯绯的笑颜。

她觉得此生再不会与任何男人如此亲密无间了。那是种说不清楚的美好感觉,就像她剥过橙子后与他拥吻过了,便一整天都能在他身上闻到淡淡的、甜而微酸的橙子清香。以后也只有在把稚龄时的女儿抱在怀中,闻着女儿身上那来自她的乳香时,她才又依稀生起这种亲密得骨肉相连似的体会。

笑津记得,曾有一天黎明时目睹安德鲁在静室中朝圣地跪拜,举起双手向阿拉祷告忏悔;她睡眼惺忪地看着他,他的心已在西天那样遥远的净地了,他与他的真主同在,即便在那一刻,她也未曾觉得彼岸迢迢,也依然以为他们之间有千丝万缕的剪不断的联结,不像后来他们在火车上以马来语对话,她竟才感觉到了彼此间的隔阂,倒似那是某种咒语,说了梦便破除,把他们带回了这四分五裂的世界。

那次,笑津记得,是乔从医院里回来后的翌日凌晨。她有那么累,其实只是一次小清洗,把子宫腔里的残留物洗净,流失了一些血与微不足道的、连"肉"也称不上的胚胎组织,乔却自觉虚弱无比,到了住处,下了车后得由安德鲁背着她走到楼上的寝室。那是个冬天呢,乔说外面风很大,好冷,便没脱掉毛衣和袜子,蜷缩着身体耽在被窝里。也许是抗生素的作用吧?她昏昏沉沉地睡在缠作一团的梦境内,待醒来且真的恢复意识时,看见安德鲁跪坐在床畔的地毯上,两眼凝视着并拢起来举至胸前的双掌,像捧着一本隐形的书。

乔看不见那一本书,却未觉得自己被拒绝了。她倒是感触到那一刻的氛围,感触到天意的肃穆,慈悲的成全与神的宽恕。问题还未被发现便已被解决了,她与安德鲁的结晶,像未受精的鸡蛋,摔破了也毋须太过伤悲。乔不想动,像只丢了壳的蜗牛,适应不了当时那怪异的、充满罪恶感的轻松。她静静地躺在那里,静静地看,静静地融入到那种暧昧的、连悲痛也未形成的感伤与醒悟之中。

那时天还未亮,那时天快亮了。

阿卜杜奥玛是一名执业律师,地方上的巫统[①]青年领袖,两年前的大选中竞逐国会议员成功,传闻他下一届大选后就会被举荐到内阁了。他家世清白,出身良好,爱丁堡大学法学院修的学位,几年前娶了个小有名气的马来女歌星,很快生了一对儿女,原来娇小的妻子随即发胖,而阿卜杜奥玛还像以前一样,瘦,头发有点长,只是上唇蓄了小胡子,下巴

[①] 马来西亚全国巫族(马来民族)统一机构,简称巫统(UMNO),自马来西亚独立以后,一直是该国的执政党,也是执政联盟"国民阵线"的领导党派。

还留了一小撮山羊胡,平日穿着衬衫西裤,马来人节日时则穿了峇迪衬衫或传统服装亮相,去年开斋节时他还上了电视,与妻子在台上载歌载舞,更掏出口琴来即场奏了一曲。

不会是《苍白的浅影》吧?

不是。

笑津记得是一首喜气洋洋的马来曲,她说不上名目,只觉得那一曲充满谄媚的意思。她坐在电视机前,耳边响着混在各种马来乐器中的口琴声,以及父亲与丈夫两人在一旁讥讽这位新晋议员的各种判词。笑津如往常一般,逐渐看不真切电视荧幕上的影像了,只看见慢慢从荧幕中浮起来的,自己那浅薄、无面目,也无所谓"自己"的身影,像投影在湖面上的一大团乌云。

她忽地忆起小姑妈,隐隐感到凄凉,手心便发寒了。

奇怪的是,每次在电视或报章上看见阿卜杜奥玛,笑津心中并无悸动,也不会由此想念。她是周笑津了,丈夫常说她可能是城中学历最高的家庭主妇。这话在对别人说的时候总有自夸或炫耀的意味,单独对她一个人说时则多少有点奚落的意思,似是为自己这"土产"会计师把爱丁堡学成归来的女人养在家里了而自豪无比。笑津并未在意,她只觉得丈夫话很多,话题却稀少,好些年拐来抹去说的都是同一些事,因为听腻了,便渐渐麻木。譬如女儿出生的那一年,她肚里怀着孩子，丈夫被派到悉尼出差三个月，出发前许诺会在她生日前回国，屈指一数，那时候她的预产期也快到了。后来他确实及时回了，却因为当时正值旅游高峰期，买不上经济舱机票了，他唯有忍痛乘了商务舱回来，于是笑津临盆时便听到他对每一个人说起这事，近乎喋喋不休，机票很贵，浪漫可真得付出沉重的代价啊。以后每一年为女儿庆祝生日时，他仍然会重提这旧事，强调他曾如此这般重视"你们母女俩的生日"。

笑津想，也许是因为她与女儿一直没有表现出感动的样子，她们甚至不曾表示过半点感激的意思，丈夫才会心有不甘，才会孜孜不倦地要重复提醒。但笑津尝试过了，却实在挤不出柔情蜜意。她有些话想说，她不知该从何说起。她想说"爱"，这字眼不会出现在簿记本与会计学里面，她见过了，尝过了，领略过了，她知道它不能被计算，计算它一遍就是蚀耗它一遍了，你懂不懂？懂不懂？

不，你不懂。

她只希望有一天他能忘却，或起码不再去计算自己的付出。每次丈夫说起那一张机票，她总是那么冷淡，只差没嗤之以鼻。但在那种时刻，笑津心里便会溢出一丝苦涩味道的幸福感。她没说，她是见识过爱也被爱宠坏过的女子。

那一程，是真正的归途了。就在她把行李打包好，约了船运公司的人上门来的那天上午，安德鲁与她一起坐在门外的石阶上。石阶两旁是两个狭长的花圃，秋末已无花可开了，只剩下一些残败的大叶。阳光微凉，影子是冷的，淡淡地映在阶前的路上。两人都觉得无聊，安德鲁一直在练习剥橙子，乔低声哼走调的 *Whistle Down The Wind*；行人、狗与车子慢悠悠地横越他们的视野。"嘿，"她像忽然想起什么，其实只是想打破那叫人受不了的沉默，"待会儿送走行李了，我们去吃土耳其烤肉。"

船运公司的一名工人准时开着小货车来到，安德鲁帮他把两个大包裹搬运上车，站在路上目送车子开走。那车子在路口拐了个弯再不见踪影了，安德鲁却还背向她呆立在那里。乔说，走吧去吃土耳其烤肉。安德鲁迟迟没有回过身来，也没应声。乔便有些伤怀了，她细声说，走吧，安德鲁。风照面拂来，声音有点颤巍巍的，像是哭。

"我饿了。"

安德鲁转身，阳光下才看真切了，眼窝周围泛着霉绿色。

"我们一起走吧。"他说。

安德鲁说的"走"，十八相送似的，是要陪她一起回国。由于过几天就得飞了，订票时机票几乎告罄，安德鲁一咬牙，把他的单反相机押给室友，借了些钱买了一张商务舱单程票，登机以后再与经济舱的乘客对换座位，坐到了乔身边。那一程，在空中十几个小时，乔与安德鲁一直合用一个随身听，一人左耳一人右耳，立体声成了单声道，像是将每一支曲子掰成两半。悬在他们中间的耳机线让乔想起风筝，这飞机不就像一只巨大的风筝吗？她拉下遮光板，闭上双目，想要拦阻疲惫与感伤。她知道，牵扯他们的是一条极长极长却谁也看不见的线；她也知道，他们即将在现实那困局般小小的半岛上着陆了。

在笑津的心目中，故事是那样结束的：乔提了行李往出口走去，看见父母亲站在横栏外向她挥手。她回头瞥了一眼，在三三两两走出来的众人里，安德鲁两耳塞着耳机，不疾不徐不远不近地走在后头。

乔看见安德鲁扬起眉来，但她等不及安德鲁投来的目光，便听到世界的另一岸传来母亲的叫唤，笑津，笑津。

一切还真是那样结束的，笑津从那以后再没了安德鲁的消息。回国以后要忙的事情可真多，父母亲甚至借故替她安排了个庆祝会，还带着她到广东乡下走了一趟。笑津便在那酒会上初遇现在的丈夫，后来还成了同事。这人比她资深，偏远新村①里橡胶人家的孩子，因苦学出头便特别自信，人

---

① 马来亚英国殖民政府为阻止郊区华人接济森林中的马来亚共产党游击队，于50年代将散居郊外的华人集中起来，这些定居点成了华人聚居的新村落，俗称"新村"。

生规划严谨细致得一如他自己做的账，什么时候成家立业娶妻生子，什么时候退休养老都已在全盘计划中，像一盘才下了一半便已完全了然于胸的棋局。笑津竟未过于抗拒，出乎她自己意料却又那样地顺其自然，她竟然被他说服了，她也愿意相信，她本来就是那一枚被预言了的棋子。

以后的生活几乎正如丈夫所愿，女儿诞生后不久，他有了自己的事务所，她也辞去工作当起了全职主妇。笑津早知道了自己终将回到这种人伦中，相夫教子，看似圆满无瑕。每年老同学聚会时，她分外感觉到大家都各自陷进了类似的人伦里，女同学们尤其如此，像套了个看不见的枷，而她却看见了，圆形，美丽的图案；天地，黑白，阴阳两仪，看似圆融却无法逾越。

不知怎的，那太极图案会让笑津联想起国旗上倾轧的黄色星月。蓝是深海，弯月如镰，看似电子游戏里张开了等着吞噬的巨口；星多刺，不妥协，锐利的十四芒。

至于乔与安德鲁的故事，也像许久以前第一次出走时见到的白人嬉皮与铜色皮肤的外籍女郎的故事一样，她很少想起来，偶尔想到了也没有向谁提起。她知道没事的，这将永远是个秘密，这秘密就像她曾经一夜出走的事实一样，让她觉得自己的人生不至于那么干瘪那么平凡。她只是在各种适宜或不适宜的时间点上，像不慎踩着了一洼浅水，才忽然回忆起那些愈来愈不真实的点点滴滴。笑津觉得这像在回想一出看过后逐渐忘却的电影，她追忆的是戏里的种种假假真真，再尝一尝她自己那已经变酸变苦变淡了的幸福感。

她并不想念安德鲁，甚至也从未思念过乔。他们是两个角色，已经湮灭在一出演完了的戏里。

这一回，笑津说不上来算不算出走。她终究是留了字条的，就放在床头柜子上，拿一个银质的相架镇住。相架是朋友送的结婚礼物，里面框住的是她与丈夫的婚纱照，时间像一抹尘垢蒙在上面。

"想去看烟花，今晚不回来了。"

笑津上了火车，才觉得那字条多么无力多么单薄。她刻意把手机留在饭桌上，装了个忘记带手机的布局，好暂时避开丈夫的追问。因为有这些心机、这些计算，因为她察知心里那"回家"的意愿，以及自己对这意愿的顺从，她便疑惑着这不像出走，而像一次无从说起的赴约。

烟花盛会是阿卜杜奥玛的提议，除了烟花，还得派船到海上，地方政府索性再办了个花车游行，据说花费数百万。这般挥霍，笑津自然在丈夫与父亲的对话中听到了不少愤怒尖刻的评论。因而她并未想过要去捧这个场，她不喜欢挤在拥堵的人群里，她甚至是从未喜欢过烟花的，那种过于炫耀的美，那瞬间的灿烂，总是太奢靡太空泛了。

那时她并未怀疑，这些烟花会不会是一些伤心的隐喻。

直至女儿喊起来："妈，你看电视！你看他怎么剥橙子！"

那是上个周末的事，笑津在房里熨衣服。她是那么地专注，目光没有离开过衬衫上的线纹，觉得像许多未填上音符的五线谱。女儿的叫喊让她惊了一下，便斜过身从房门口探出头来。电视上播着的是看来像为主妇制作的午间家庭节目，发胖后的马来女歌星把自己套在紫色绣银连头巾的传统服饰里，只露出一张浓妆艳抹的饱足的脸，正软声细语地接受采访。笑津看到阿卜杜奥玛了，他坐在妻子身旁，但笑不语，仅仅作为一个幸福家庭的背景。他手上果然是在剥橙子，笑津自然认得这手法，用右手拇指坚硬的指甲沿橙子的外皮划破一圈，再沿着那圆周上的划痕将橙子皮均匀地剥下来，各成半圆，似两口精致的镬。

"居然有人跟你一样，都这样剥橙子啊。"女儿惊叹，有这种巧合。

笑津无话，看着电视上的阿卜杜奥玛。他那么专注又那么熟练，橙子剥了并不马上吃，却拿剥下来的两个橘黄色圆镬把裸露着的饱满果实重新盖起来，再放到面前的茶几上，仿佛剥橙纯粹是一种练习。训练手指吗，让手指去承担，也去温习一些记忆。笑津忽然激动起来,她拿手捂着嘴巴,感觉到心跳停顿,还有一股从喉头直压到胸腔的窒息。

她用力抽了一口凉气,再把气吐出来时,所有沉没在身体里面那一条忘川中的记忆,冷冷的,都是碎片残骸,再也不复齐全的"全部",从她脚下那淡得看不见的影子里翻涌上来。

那天,笑津仍然沉静地把剩下来的周末例常事务逐一办妥。待她想到要哭泣时,已经是在父母那里吃过晚餐,回到自己家里以后的事了。她走进浴室,闩上门,脱下衣物,旋开水阀,水才洒下来她便禁不住想起食指上的雨珠,漆黑夜空中发亮的蒲公英,秋色中振翼飞入云里的乱鸦。她扶着墙壁缓缓坐下,淅沥沥,瓷砖很冷,手心很冷,脚掌很冷,她抱膝坐在洒水的莲蓬头下,先是饮声流泪,直至忍不住了,便垂下头,把脸埋入掌中。

哭她无人听见的哭,流她混在水中的泪,想起她看不见的写于掌中的《古兰经》,还有她读完以后,刻意遗留在旅馆房中的《关于爱和其他恶魔》。

那书在梳妆台的抽屉里,与《圣经》放在一起。旅馆的名字她已经忘记,旅馆的位置也一直在她的记忆中游移,但总是在斯德哥尔摩某条巷道上吧?他们毕竟在那里最后一次下了火车。城中的秋天已提前有了严峻的气色与凛冽的口吻，风是刺人的冷言冷语，像父亲的训斥，风向鸡在尖塔上巍巍哆嗦。乔与安德鲁在旅馆的浴室里狠狠地洗澡，又淋漓地做了爱。几乎是粗暴的，几乎是狼吞虎咽。莲蓬头在洒水，戒指上的狮子又闯入她的肉身，乔几乎浪荡起来，断断续续地喊与喘息；哭无人听见，泪流满面。

那天夜晚，乔坐在妆台前，就着镜里镜外两盏台灯的光，把《关于爱和其他恶魔》读完。小说很短，只是读的时间长。她阖上书本，抬头凝视镜中的男女，乔眼睛浮肿，头发微湿，正默默注视着沉睡在背景里的安德鲁。

"后来呢？"脑中的一头海马，问另一头。

笑津从浴室里出来，丈夫已经睡着了，当日的报纸凋零在四周。她把报纸收拾起来，瞥见了全国版里的马来议员阿卜杜奥玛，新闻不特别显眼，只是在记者会上公布了有关烟花与游行的一些进展。房里冷气呼呼开着，笑津忽然打了个寒战，便浑身起了鸡皮疙瘩。她钻进被窝里，伸手把床头灯拧熄，谁家的狗吠了两声，周围便完全安静下来，仿佛世界闭上所有的眼睛，把她拥入黑暗与寂然中。笑津翻了个身，拉开那一条蜿蜒在自己与丈夫之间的沟壑。

她很快睡着了。天是天，地是地；黑白是黑白；阴阳无法逾越。

听到吗？

嗯，口琴。

不属于这背景也不在这空间里。

是的，也许。

一头海马问另一头："后来呢？"

"后来呢？"另一头喃喃地重复。

两头海马都缄默了许久。笑津一直在等，到底没等着回复便醒过来了。列车上预录的女声以圆润的马来语和英语各播报了一遍，即将到站了，感谢惠顾，请拿好行李。笑津因而醒来，发现窗外的景观一片灰黑，乌云像吸饱了水墨的一大团棉花压在房顶和树梢上，空气憋在那里，每一棵树都像栖满了张扬的鸦影。火车渐渐放缓车速，钻进车站长长的篷顶下。车舱里的几个乘客都迫不及待地赶到舱门前，站在那里等待电动门打开。笑津倒是忽然感到一阵惶然和紧张，怎么突然想来，转眼就真的来到了。

三月果真很快，她连看烟花的理由都没来得及想好。

月台在地底，闷热而阴沉。笑津尾随其他人沿着阶梯走上车站大厅。那里人很多，灯火通明，没有透露一点外面的天色。她昂脸盯紧头上的指示牌，一路穿过两排马来人经营的小店，走在甬道上熙熙攘攘的行人里。这车站比她预期的大，甬道很多，指示牌让她左弯右拐，迎面的人水流一般滚滚涌来。笑津有点慌神，错觉自己是这庞大的建筑物内唯一逆流而上的人，好像她不知怎么总是往错的方向走入每一条单向道，以至她几乎窒息，几乎被那一拨一拨迎向她的面孔淹没。这就是都市下班的人潮吗？笑津浮沉在那些肤色不同、特征各异的族群与人脸里，想起《桃花源记》里失色的荧光，想起"遂迷，不复得路"。

这样推推挤挤的，仿佛在车站内绕了许多圈子，笑津才终于被人潮挤到某个出口。外面天很黑，似是为了今夜的烟花过早地换上背景。笑津站在廊下，凝望着陡坡下风起云涌的街头。人们行色匆匆，慌张地穿插在十字路口交会的人群里，很快又分散开来，追逐着各自的方向而去。笑津依然像多年前初次出走时那样地不知何去何从，那样地神伤，像她在背后看着乔，乔在背后看着安德鲁，安德鲁看着远去的车子与不得不拐弯的路。廊下走来一个印度男人问她是不是要召的士。笑津摇了摇头，那人却还缠住她逼问："哪里去的？你要去哪儿？"

笑津回不上话，那人的追问又那么紧迫，她有点仓皇，吸了一口气，像害怕会被追赶似的，径自冲到坡下拥堵着的车阵里去。路上许多车子的灯照映射她，把她照成一团苍白的人影，没有了轮廓，也无所谓"自己"。就在快到达马路对面时，身边一辆车子兀地响起喇叭，笑津吓了一跳。她抬头看了一眼，才发现天空深处还透着穹苍才有的深蓝色。

那时候，天未全暗，天快暗透了。

那时候，染着霓虹灯光的雨，像融化后的彩虹，开始落下来了。

海

> 这是她们人生中头一次这样一起坐着看海,一起看浪花一开而谢,飞去如影。

真没想到,这次相聚,她们谈起最多的是陶陶的事。

海洋那么近,隔着两条马路的宽度。晚上她们从屋里挪来两张椅子,并肩坐在小小的阳台上,感觉有点像是一起坐在法庭的被告栏里。在那里听得到海浪声;借着微薄的月光,也看得见黑水生白花,哗啦哗啦地开在沙滩上。

这是她们人生中头一次这样一起坐着看海,一起看浪花一开而谢,飞去如影。而她们竟都是年过四十的人了。淑离年长些,头发灰了,坐望百半。连陶陶都已经二十岁,她去年生下的儿子眼看下个月就要周岁了。

淑离还清楚记得陶陶刚出生的那段日子,康子产后忧郁症,整个世界日月无光。那时候南北大道还没有开通呢,她坐了一晚上的长途车赶到南方,在康子家里住了三个月,同时给她们母女俩当保姆。那时那么小小的一团肉，柔弱近乎无骨，像是用黏土草草捏出来的一个人形，领受了神吹的一口气，现在已经是当母亲的人了。

陶陶一直把淑离叫"干妈"，但其实她们之间不怎么亲近。一是隔得太远了，淑离连康子的面也不常得见，她与陶陶还隔着世代，而且那孩子好像生下来后睁开眼睛，叛逆时期就开始了，因此特别不喜欢见到她。"干妈你就只会讲耶稣。"

她怎么算是讲耶稣呢？她不过是个无能为力的人，唯有在祷告之间常常恳求。"因为我切切地想见你们，要把属灵的恩赐分给你们，使你们可以坚固。"

她喝用白水调开的苹果醋，康子喝她的罐装啤酒，上帝在云中倾注它啤酒般的目光，把海洋斟满。这种情景，她们都觉得该来点音乐，但没有，她们便谈起以前喜欢听的那些歌，然后发现唱那些歌的歌手有不少已经死去，又有一些仿佛石沉大海，教人想不起来是死是活。

康子便又说起陶陶，说她到现在仍然喜欢她自己根本听不懂的韩语流行曲，也还会爱上在网上聊过几次天的、根本不认识的人。

"谁会想到她居然是个妈妈了。"她苦笑，用手指在啤酒罐的空肚子上按压出皱皱的，像是谁在睡梦中磨牙齿的声音。"真的,那个小瓜会喊'妈妈'了。他不知道他的妈妈也还没长大。"

淑离只是一贯地微笑,教会里也常常有主内兄弟姐妹找她聊天,对她诉苦,被她这微笑安慰过。康子说她这样笑眯眯的样子像在保证雨过了必然天晴,事情没什么大不了。"那是因为你命好,从来没有遇到过真正的难题。"

康子这么说的时候,想到的是少年时候就已十分老成的淑离。她家里卖鞋子,在新街场有一家位置不错的老店,裕丰,卖的都是真皮皮鞋。那年代新街场大街上两排长长的店屋,没几家有落地玻璃做的橱窗;裕丰不仅有,那大门左右两个橱窗里还有原木做的架子,摆在上面的男装鞋擦得亮铮铮,小小的标价牌子上写的数字让人咋舌。那时候康子就觉得淑离的家境很好,人家一双鞋子卖的价钱够她们一家三口吃喝两三个礼拜了。

康子在那鞋店里打过短期工。那是在初中三会考以后,母亲病得很严重,已经不太能下床;许多的打针吃药,靠父亲在渔业公会帮头帮尾拿的那份薪水,家里连一只多余的小猫都喂不饱。年底学校的长假还没开始,父亲把她领到裕丰鞋店,见过老板周新生,当天便开始上班。

那时店里只有一个正式雇员,是个马来大姐,哈密达。老板管康子一顿饭,让她中午十二点到楼上和他们一家共进午餐。一张折叠型四方桌就着窗外的流光打开（康子总是被迫坐在一个凸角上），桌面上三餸一汤，别人家的家常饭，康子自然是无话可以声张的。老板夫妇和他们的一儿一女话也不多，偶尔说话了也只是轻声细语，似乎连嘴巴都没有张开。康子把耳朵竖起来了，始终只听得到窗外麻雀的聒噪。

老板的两个孩子当中，淑离是姐姐，在念大学先修班，身材细长皮肤白皙，脑后束着马尾，把校服穿得很好看。她的弟弟有唐氏综合征，长着那种克隆人似的，容易被记住却极难被辨认的脸。康子老是忍不住偷眼看他，好奇于他的斜视和肢体上各种执拗的举止，并且目光最终总会碰上姐姐淑离的眼睛。

"那时我想，怎么这人的眼睛这么干净？"

康子这么说的时候，淑离想起的是教会里一个年长的姐妹。那人年轻时遇车祸丢了一颗眼球，后来装的义眼十分逼真，而以后岁月侵蚀，皮囊斑驳了，又遭逢丧夫，人变得灰沉沉，唯有那假眼始终清澈，如明月般洞悉世情。

周新生一家人都信耶稣，星期日不开店，是要举家到礼拜堂的。同事哈密达是穆斯林，每个星期五中午有两个小时的祈祷时间。"只有我，"康子笑着说，"没有得到神的眷顾。"

因为神不在，母亲只得惨死在家里。她的病改造了她的身体，痛楚化作成千上万并且不断繁衍的蚂蚁，驻扎到她被掏空的骨头里，因而她死前绷得很紧，死后僵持着一张扭曲的脸；嘴巴洞开，双目半睐，空中像是有一团听不到的，凄厉的嘶喊。康子和父亲回到家里，看见母亲的尸体像一具倒下的蜡像横陈在床上。那邋遢的床铺被斜阳熏染过，小猫坐在金色的光中，喵呜喵呜，温柔地向父女俩述说它所看到的景象。

康子和父亲在床边站了好一阵，似乎拿不定主意该怎么办，也有点不相信过去两三年苦苦折腾着他们家的灾难就如此终止。他们等在那里，仿佛都觉得床上的人也许会醒来，会忽然睁开眼睛，抽搐着手脚竭力呼吸，又用那种令人毛骨悚然的哭号申诉她的痛。

这种情景和心情，淑离怎么可能体会呢？她的父母可都是躺在私人医院的白色病床上，干干净净地过世的。康子带着陶陶去了周新生的丧礼，看到老先生的遗容，仍然眉目安详，白里透红的脸上隐约看见一弯早已渗透到皮层底下的笑。那是康子第一次参加基督教的丧礼，陶陶只是个小女孩，一直惊奇地看着灵堂上纯洁的鲜花与烛火。来的人都平静从容，说话无声，脸上几乎带着祝福。

"怎么会没有神的眷顾？它给了你陶陶。"那时，在十七楼那昼夜难分的房子里，淑离把婴儿抱起来，带到浴室里，给她清理一身的屎尿。那孩子带着那么多怨尤来到这世上，只知道哭，只知道虚空与不足，像是世界欠了她什么，做了对不起她的事，都哭成气若游丝了。

淑离回到房里来的时候，康子睁开眼，睡房里坏掉的窗门什么时候打开了，竟然有光如花，在房里淡淡地绽放。她游目四顾，房子被收拾过了，她有点认不出这地方，却依稀认得眼前人，于是目光缓缓地停泊在淑离身上，看见她的头发剪得那么短，还穿着牛仔裤，戴着黑框眼镜；除了笑容保持着多年以前的温度，真像换了一个人。康子这样怔怔地看着淑离，直到她的脑细胞一颗一颗地苏醒，才想起该张口称呼。淑离微笑，说她已经睡了超过十二个小时。那可真睡了个斗转星移，康子觉得自己回到了过去的少年时光，因为贫血，偶尔会昏厥；淑离把她扶上楼，让她躺在她的床上。她闭上眼睛小憩，醒来看见淑离在书案那里低头看书。人的侧影，书的侧影；窗外有光衬底，人如剪纸，又像皮影戏。

淑离转过身来。必然是窗外那旺盛的阳光制造的错觉，康子觉得那小房间里像是有另一个空间，她们之间隔着什么；淑离会发光呢，她坐在哪里，哪里就成了另一个世界。

"淑离姐在读什么书呢？"康子爬起来，坐在床沿揉眼睛。

淑离阖上书本，拿起来向她晃了晃。"在读这个，

《圣经》。"

她记得那书很厚,烫金的吧,说要有光就有了光。康子还在搓揉眼睛,像是眼里进了沙子。淑离姐怎么你家里有那么多闪闪发亮的东西?穿在脚上发亮的鞋子,捧在手里发亮的书本,别在头上发亮的发夹,装在盒子里发亮的派克笔……你们一家人的眼睛,即便是你弟弟的斗鸡眼,也都一闪一闪亮晶晶。

康子被记忆中的自己逗得莞尔。要不是听见了厅里荡来婴儿的啼哭,她几乎忘记自己已经长大,是个母亲了。

母亲去世以后不久,学校开学了,她却再没有回去上课,仍然每天搭巴士到裕丰上班。老板周新生每日见到她总要语重心长地说上几句话。回去上学吧,把中五毕业文凭拿回来再说。她经不住那唠叨与让人心烦的善意,也嫌在店里卖鞋子薪水太少,便辞去裕丰的工作,让父亲拜托人把她介绍到酒楼端盘子。

那酒楼在城市的西北端,是个热闹的新区。最初在那里上班,每天下午三点到五点的午休时间,康子喜欢一个人跑到外面溜达。那酒楼所在的同条街上有一间雅马哈乐器店,康子每次经过那儿,必定忍不住停下脚步,站在玻璃门外偷偷张望。那玻璃门擦得一尘不染,店里的乐器都像抛了光上过油似的,钢琴,吉他,电子琴,爵士鼓,还有挂在墙上的萨克斯风，长笛和单簧管什么的，每一件乐器都熠熠生辉，仿佛祭坛上的圣物，让人不敢侵犯。康子便是在那店里又遇上淑离，她是到二楼去学钢琴的，下课后拐进店里巡视那些乐器。康子看见她把单簧管拿下来再放回去，又掀开一台立式钢琴的盖子，叮叮咚咚，随手串起两把音符。

"淑离姐刚才弹的是什么曲子呢？"她们站在店门前，下午的阳光在路上漫溢，浸过她们的小腿，"很好听呢。"

"是教会的赞美诗，叫《奇异恩典》。"

这些情景，像相册里的旧照片，被海上吹来的夜风一页一页翻过去。康子坐在阳台上，仍然觉得自己像是被圈在法庭被告栏里；她把腿抬起来，伸直了搁在栏杆上。她想起自己离开裕丰的那一天，下班前到过二楼去跟淑离道别。淑离不在，她打开门溜进房里，也没什么企图，只是忽然想打开衣柜和翻翻抽屉，看看里面还藏着什么闪闪发亮的东西。走的时候，出于她所不明了的一种突如其来的恶意，她把搁在书桌上的《圣经》揣在兜里，跑到楼下偷偷放进自己的背包。走的时候她碰上正好从学校回来的淑离，穿着洁白的衬衣和校裙，在裕丰门口轻轻地抱了她一下。"你真的要好好保重啊。"

康子沿着大街走到巴士总站，经过衔接新街场和旧街场的跨河天桥时，她卸下背包，拿出里面的《圣经》，扬手把它扔到近打河隐晦的浊水里。那条河据说有着宽宏的历史，百年前是有大型商船可以开进来的，但康子自打知道它的存在，它一直只是一条瘦弱而浊黄的，永远不敢声张的河流。它甚至不必开口，就把那本烫金之书，如同秘密般吞咽了去。

曾经有一回，康子动念要把这事情告诉淑离。那是在十七楼的房子里，陶陶被喂饱了，在她的摇篮里知足地入眠。康子去淋浴，披着湿漉漉的头发从浴室里出来时，看见女婴不知怎么醒来了，淑离在哄她，睡吧，睡吧；她哼了一首歌，康子识得是《奇异恩典》。她走进房里把头发弄干，在《奇异恩典》的旋律中细细地梳了头，感受到许多头发掉落在臂上，在背上，在小腿，在脚踝。那感觉多么细腻而真切，仿佛她能感受到每一根头发的重量，听到它们的每一声叹息。这让她联想到剃度，不知怎么竟在镜子里看见了多年前的少女，在别人的房间里好奇地把玩每一件发亮的玩意。她也翻过那本《圣经》了，里面密密麻麻的全是字，还有许多铅笔画的直线和荧光笔留下的痕迹。

她终究没有对淑离说起这事，毕竟这里头最细微的部分，那像被一只小小的虱子噬咬了私处，说不出是痛是痒的感觉，还有其中的羞耻，她尚且无法对自己解释清楚。那天晚上淑离读经祈祷以后，熄了灯，在她的身边躺下来。那一床被单日间才换洗过，康子闻到阳光干爽的味道，还有柔软剂的芳香如女人阴柔的手指缠在上头。康子在幽暗中伸手轻轻抓住淑离的手臂，许多要说的话，她懂得的所有感激的措辞，自她脑中逐一升起，全都停放在那良久的静默里了。

"我记得那时你说了一些童年的事。"淑离盯着海那边一盏标示灯发出的幽微之光，还有更远处的浮标灯宛如星子坠落在海上，"你说你烧了人家的灯笼。"

康子扑哧一笑。她摇着头挪下两腿，双手撑着椅背把自己从椅子上拔起来，转身走到屋里。"我去拿喝的。"她打开冰箱拿了一罐啤酒，不，两罐。再走出来时，看见淑离坐在那儿入定似的背影，一头短发灰白参差，灰蓝色T恤隐约凸现她背脊的骨节。前面的黑海沙沙作响，海上的灯打着什么信号似的一闪一闪。康子走过去，站在淑离背后，一只手放在她的肩上，另一只手越过她的肩膀，把啤酒递给她。

烧灯笼的事，她只对淑离一个人说过。就是在那廉价组屋的床上吗？淑离钻进被窝里，躺在她的身旁。那里曾经是她的男人躺卧的地方，他在那床上拥抱她，吻她，把满是尼古丁和大麻味道的舌头探入她的嘴里，有点粗糙的手心不断往她的身体各处摩挲。康子抓住淑离的手臂，趋近她，额头碰上她的臂膀。淑离身上有阳光的味道，也有月亮的味道，康子忍不住再趋前一些，把脸埋入那臂膀下。"这样像不像一只鸵鸟?"她问。

"像一个孩子对着树上的洞说悄悄话。"淑离轻轻拍一拍搁在她手臂上的那一只手。那手背碰着有点凉,手心却温热出汗,像一只蜗牛在她的臂上分泌黏液。她握住那只手,霍然想起很多年前的一个下午,她上了钢琴课以后与康子结伴逛街,在一条偏僻的小巷子里遇上迎面而来的露体狂,她们就是这样手拉手一起逃离那里的。

"你还一路尖叫呢。"淑离转过身来面向康子,用两掌把那蜗牛似的手握在手心,"引得那人追了我们一段路,吓死人了。"康子也记起来了,不禁咧嘴而笑;淑离遂也忍俊不禁,两人都哧哧地笑起来。

就是在那样的氛围里,趁着难得的欢快,趁着晦蒙中她们看不真切彼此的脸,康子随兴说起她的童年往事。

那年中秋她七八岁的年纪,与邻居的一个女孩在家门前一起提灯笼,点蜡烛。"我的灯笼没弄好,一阵风吹来,它着火了。"那是用彩色塑料纸糊在铁丝架子上的一只小兔子,本来就比人家的大金鱼寒碜,还居然只玩了一阵就在风中自焚。康子愣在那里,觉得有点愤恨。她想,这要等一年啊,要等一年以后她才会得到另一个灯笼啊。

"后来那女孩家里有人喊她,她走进屋里,我想也不想,拿起一根点着的蜡烛,把她的灯笼给烧了。"

"后来呢？"淑离问。

"我看着灯笼烧起来，就跑到她家窗外，大声喊她，喂快来呀你的灯笼起火了。"康子微笑，半张脸在微光中现形，半张脸沉没在光所附带的暗影里。

"过后我们一起蹲在路旁点蜡烛，直至把所有的蜡烛都用完。"

那天晚上并不是中秋，那是中秋前夕。第二天中午她从窗口看出去，邻家女孩走下车，拿着新买的彩纸灯笼蹦蹦跳跳。

"我的中秋却提早过去了。"康子闭上眼睛。黑暗随着眼帘落下，一重一重，如许多张阴影交织成的帷幕；她忽然在那黑暗里了解了自己的委屈。淑离把她的手握得更紧一些，过了一阵，她听到淑离说，不要哭。那声音很近，如同耳语；声息如雾，轻轻地落在她的脸颊。

那几个月真亏得有淑离在身旁，在她几乎一蹶不振的时候，替她把一切打点好。尽管后来她越来越不习惯两人之间逾矩的亲近，无可避免地对淑离有了点说不清楚的忌讳，但淑离还是为她做了许多事，也打了好几通电话说服她的父亲，让他搬到南方来。"两父女，互相照料。"

"我们家现在有四个人，就是四代同堂了。"康子站在淑离背后，忍不住伸手轻抚那一头花白的短发。年纪大了，头发变得那么粗糙。康子用手指梳理它们，微微觉得头皮发干，落下一些头皮屑。

"明天我们去买染发剂吧，我来替你染头发。"

淑离仍然在注视着黑魆魆的海面，手里拿着的啤酒一直没拉开铝环，罐子上的水汽凝聚成珠串，汩汩流过她的手指，濡湿她的衣摆。

"还染什么头发呢？"过了好一会儿，康子才听到淑离的回答。那声音一贯的平静，却像是从海上荡来似的，听着让人感到一阵晕眩。

"回去要开始做化疗了，头发会掉光的。"

也许是服药的关系，午夜未到，淑离就觉得困乏了。她到房里翻了两页《圣经》，坐在床沿小声祈祷，仿佛与上帝说着家常话。康子一个人坐在阳台上，默默地啜饮淑离留下来的啤酒。那一罐啤酒早已变温，在舌床上沁出叫人难以忍受的苦味。她把啤酒喝光，站起来走进屋内，拉上门；外面的阳台散落着啤酒罐，看起来像一个狼藉的被告栏。

康子熄了客厅的灯，借着阳台檐下的灯光走到睡房，觉得脚步有点浮，眼前的一切分裂出各自的叠影。房里有一扇小窗，向对面的民宿借来了微弱的亮光。康子就着那一点点洞明，窸窸窣窣地褪下身上的衣裙，再脱掉胸罩，留下一条内裤。她回过头，看见淑离在床上睁开着眼睛，一声不响地看着她；人已经瘦成灰沉沉的一张影子，眼睛仍然盛着颤动的光，仿佛也在凝视她身后的窗与那窗外的夜空。康子对她笑，酒意让她自觉妩媚。她捏了一把腰上的肉："不好意思啊，这两年我胖了不少。"

她爬上床，把身体埋在柔软的被窝里。房里一片昏暝，她们不期然都盯着框在对面墙上的窗棂。窗外的夜色深沉，似是有所隐喻；空调呼呼地奏起一浪一浪的潮声。康子在被窝底下伸出手来，让淑离握在手中。她们躺在那里，像牵着手在平静的海上仰泳，无所谓地呆望着铅灰色的天空。睡意随浪声而远，在等什么呢？像是剧终后仍然坐在电影院里恋恋不去，一直翘首仰望，等待那迟迟未升起的字幕。